The Story of Hunter

ハンター物語3

少年と闇の侵略者

櫻城　なる
Naru Sakuragi

文芸社

【前作のあらすじ】

ポロクラム星は、地球と同じく、海と陸の自然に富んだ星である。この星に住む人類は光族と闇族の二種類に分かれており、双方は戦争を起こすほどに関係がこじれていて、停戦協定が結ばれた現在でも対立していた。

主人公、佐藤美由樹《さとうみゆき》（本名：寿山《じゅざん》美由樹）は、光族と闇族が友好的に共存する鈴街町《りんがいちょう》で暮らしていた。ハンター初任務から帰宅したある日、ポロクラム星の衛星である古代界《こだいかい》の住人、オーロルが自室に現れ、古代界を救って欲しいと頼まれる。承諾した美由樹は、オーロルに連れられて古代界へワープし、藤谷豪《ふじたにたけし》や樹霜《じゅそう》といった旅仲間や、引っ越しで別れた親友の有元澪《ありもとれい》と再会。医学知識に長《た》けたリュウホウ・ウェバブ・クリスティナや、オーロルほか皆のパートナーを任された古代人たちとも出会う。古代人たちから古代界の現状を聞かされた美由樹たちポロクラム人は、オーロルが敵に連行されたのをきっかけに、各古代人たちの故郷を回りながら、敵地アトミック城を目指して突き進む。道中、キラー兄弟と呼ばれる土村敏哉《つちむらとしや》、佐紀《さき》、啓和《よしかず》の三人と、彼らのパートナーの古代人二人を仲間に加え、敵から味方に転じた炎蘭《えんらん》の手を借りつつ、アトミック城に突入。事の首謀者のギュランド王と出会うが、黒幕はウィーマという大臣であり、さらにその裏に宿敵、夢見《ゆめみ》敦史《あつし》がいることを突き止める。

　ウィーマを殺した敦史にバトルを挑まれ、次々と敗れる仲間を見て、美由樹は新たに目覚めた力、神力《じんりき》を暴走させ、敦史打倒に燃える。決意破れて力尽き、敦史に殺されかけた寸前、敦史に奪われたままだったポロクラム星の光の守護者、光真《ひかりまこと》の魂が現れ、美由樹を助け出した。真の魂に諭され、神力を二度と暴走させないと誓った美由樹は、再び敦史にバトルを挑まれた際、ギュランドが自身を庇《かば》って胸に鎌が刺さったのを見て怒りに震える。真との約束を思い出し、怒りの感情を抑え、神力で浄化の力を導き出して、敦史を古代界から追放した。

　致命傷を受けたギュランドは、我が子と事実が知れたオーロルの腕に抱かれながら、息を引き取った。父の遺体に泣き崩れる娘を見て、美由樹はオーロルにお辞儀する。直後に体が光に包まれ、美由樹たちポロクラム人は任務を終えて、ポロクラム星へと帰還した。

追跡

逃亡

長老
(夢の都の長)

ロゴムズアーク
(3話から登場、
真の剣に取り憑く亡霊)

光
(3話から登場、真の力が
擬人化した存在)

闇族・現代

〈敵メンバー〉

赤羽 太夫
(3話から登場、
闇の王の手下)

夢見 敦史
(1話・2話の
ラスボス)

ガファエラ
(3話から登場、
闇族の王)

利明
(1話に登場、
闇の王の手下)

回想・過去

〈三神の国〉

ライト
(1話に登場、ライト村の神、
世界大四天の一人)

コナラ
(1話に登場、
インカの弟)

インカ
(1話に登場、インカ村の神、
世界大四天の一人)

シオン
(3話から登場、
真の知人、
謎のおじさん)

サラ
(1話に登場、サラ町の神、
世界大四天の一人)

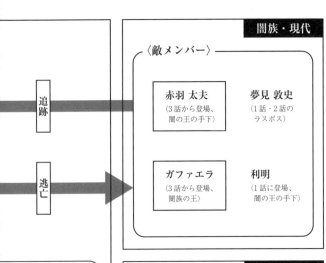

【『ハンター物語3』登場人物相関図】

光族・現代

〈3話の旅のメンバー〉

佐藤 美由樹
（本姓：寿山、光族と闇族のハーフ、二つの力なる者）
主人公

海林 蘭州
（1話から登場、光族の少年、美由樹の親友）

光 真
（1話から登場、光の守護者）

荒崎 弥助
（3話から登場、光族の少年）

恵美
（1話に登場、闇族の女性、自然の森の住人）

フロル
（1話に登場、真の姉、世界大四天の一人）

時任 琴
（3話から登場、光族の少女、時使い）

〈その他〉

秦淳
（1話に登場、光族の王）

藤谷 豪
（1話から登場、闇族の少年、美由樹の旅仲間）

荒崎 凜
（荒崎家の長女、弥助の姉）

加藤 蘭
（1話から登場、闇族の少女、美由樹の旅仲間）

樹霜
（1話から登場、闇族の青年、美由樹の従兄弟）

荒崎 友介
（荒崎家の次男、弥助の兄）

梶谷 邪羅
（1話に登場、闇族の少年、美由樹の旅仲間）

弥生
（1話に登場、自然の森の住人）

荒崎 奏絵
（荒崎家の次女、弥助の妹）

皇
（1話に登場、自然の森の住人）

雅也
（夢の都の少年、美由樹の旧友）

もくじ

第一章　悪夢の始まり

「もうすぐだ。もうすぐで我々はすべてを掌握する」

静かな廊下に響く靴音。それとともに聞こえたのは、低くて力のある男の声だった。

見たこともない場所。どこぞの建物の中か。柱がいくつも立ち並ぶ廊下に、綺麗に磨かれた床。これが夢の中であることは頭で理解しつつも、どこか現実味のある景色に、美由樹は疑問を抱くが、彼の存在に気づいていないのか男は話を続ける。

「この作戦が成功した暁には、光族の奴らは皆、例外なく我が前に跪《ひざまず》くだろう。それこそが世の理《ことわり》。相手に悟られぬよう冷静沈着なままでに動くこと以外に、世を統べるに手っ取り早い方法はない。そうであろう？」

声の主が尋ねた。自分に問いかけられた気がして、美由樹は一瞬ドキッとするが、そこで彼は、男の脇に、音もなく歩こうとしている少年の存在に気がつく。

「別に。僕は僕の遣り方で遣っているから、君の邪魔をしようとは思っていないよ。君が邪魔しなければ、僕は何だって良いのさ」

少年が言った。男がフンッと鼻息を立てる。

「貴様に言われるまでもない。後輩の分際で貴様はあの方のお気に入りだ。神になれたのもあの方のおかげであろう」

「僕の御陰だよ。まあ、世渡り上手な君より僕の方が増しだと思うけどね。噂《うわさ》に聞いた処じゃ、彼奴《あいつ》に睨まれているようじゃないか」

「そういう貴様こそ軽口は慎め。あの方の逆鱗《げきりん》に触れたらどうなるか。貴様とて、今度ばかしは逃げられないのだからな」

「あれ程僕の傍に居た君が、僕の事を斯うも知らないなんて情けない。言っておくけど、僕は君みたく順序立てて動くのが大嫌いなんだ。さっきは君の邪魔はしないと言ったけど、彼だけはどんな事が有ろうと手を出すな。僕の獲物なんだから、若し手を出したら」

「わかっている。あの者だけは貴様のために残しておいてやるが、あの者を欲する者は少なくない。急がねば先を越されるぞ」

「好きで君に付き合っている訳じゃ無い。聞きたい事も聞けたし、此れで御然《さ》らばするよ。此れ以上、薄気味悪い場所に居られるものか。僕はね、人の悲鳴は好きだけど、唸《うな》り声は大嫌いなんだよ」

　そう言って少年は去っていった。彼の足音が遠ざかり、やがて聞こえなくなったとき、残った男が独り言を漏らす。

「悲鳴好きとは気味の悪い奴だ。私も好きで貴様につき合っているのではない。貴様のほうこそわかっていないようだな。我らの計画に、貴様の入る余地など微塵もない。あの方が貴様を好いていると御託を並べたのも、すべては計画内。貴様にはそろそろ引退してもらわねば困る。あの方がお考えになった破滅の宴のためにもな」

＊

天窓から朝日が室内を照らしている。夢から覚めた美由樹は、自室の二段ベッドの上段で布団にくるまっているのに気づくと、なにを言うより先に、その場に跳ね起きた。

自分はなぜここにいる。夢を見る前まで、母国ポロクラム星から離れた古代界という星で、オーロルたち古代人と一緒にいたはずなのに。頭を混乱させる美由樹だが、ふとあることを思い出す。そうだ。自分はあのあと光に包まれ、オーロルたちの前から消えたのだ。

現実世界に意識を戻す。あのとき自室に見知らぬ少女が現れ、彼女に導かれるまま自分は古代界へ旅立った。しかし室内を見渡すと、彼女が現れる以前の、ものが散乱した光景が広がっている。どこもなにも変わっていない。古代界へ旅立つときに身に着けたはずの愛剣、草薙《くさなぎ》の剣《つるぎ》も、分厚いカーテンがかかる窓の隣の机に立てかけられ、今の自身の服も、出発前に着替えたはずがパジャマに戻っていた。

自分は夢でも見ていたのか。そう思いながらも美由樹は、ベッドから飛び下り、窓に歩み寄ってカーテンを開く。明るくなった机に置かれた本の束から、一冊の辞書を取り出した。『魔術辞典』と表紙に書かれたもので、彼はページを捲《めく》り、あるページで手を止める。

『**夢写し**』。魂を肉体から分離させ操ることで、相手に現実世界と同じ体験をさせる魔法。悪事に多用された背景から、ポロクラム星では使用・学習が禁じられているが、古代界では他国との交流に用いている。この魔法で体験したことはすべて本物だが、魔法が解けるとかけられる前の状態に戻るため、被験者は夢を見た心地となる。

なるほどと美由樹が納得する。束の間、別の疑問が浮上する。古代界ではかなりの時間を過ごし、肉体はその間寝たきりだったはずが、自身の体は至って正常だった。同居人の美羽《みう》と愛犬ポチも出先のキャンプから帰宅しておらず、一週間を予定して出掛けた彼らが帰ってきていないのはどうも不自然である。時間の経過と現状が一致しないことに、美由樹は、今度は歴史書を手に中を調べ始める。

古代界。ポロクラム星の衛星とも称される星。ポロクラム星より時間の流れがとても速く、ポロクラム星での一分は古代界での一日半となり、一時間では一週間と三日になる。なるほど。つまり自分は、たった数時間で古代界の一カ月超を過ごしたわけか。美由樹はようやく腑に落ちる。古代界での旅が改めて不可思議なものだったと知るが、旅の最後に起きたことを思うと、やはり自分の役目は終わったのだ。彼は歴史書をしまい、服を着替えて、今日一日を始めようとする。

まさにそのときだった。視界に光が差したのを感じて、机の端に目を向ける。両親の形見のブレスレットと、前々回の旅で光族の王、秦淳《ちんしゅん》からもらった指輪が置いてあり、指輪についている宝石がチカチカと点滅しているではないか。指輪が秦淳との通信手段を兼ねているのを思い出した美由樹は、慌てて指輪を装着し、宝石の脇にあるスイッチを押す。宝石が光を発しては、上空に光の幕を張り、通信相手の顔を映し出した。

「美由樹君、美由樹君。そこにいるかね」

光の幕に映し出されたのは、美由樹に指輪をくれた秦淳本人だった。眠気が吹き飛んだ美由樹は、背筋を伸ばし、挨拶をする。

「お、おはよう。おはようございます、王様」

「おはようって、挨拶をしておる時間はないのじゃった。美由樹君、今君はどこにおる」

「え？　あ、自宅にいますがなにか」

「自宅だって!?」

秦淳のものではない声が、宝石に内蔵されているスピーカーから聞こえてきた。驚く美由樹の前で、秦淳の脇から親友、海林蘭州《かいりんらんしゅう》の顔が現れ出る。

「美由樹。おめぇ、なにやってんだ。早くそっから出ろッ」

「ど、どういうことだよ、蘭州。ってか、どうしておまえが王様の隣にいるんだ。なにかあったのか？」

「なんかあったのかっておめぇ、鈴街町が闇の王の手下に攻め込まれたの、気づいてなかったのか？」

蘭州が説明した。美由樹が声を上げて驚く。

「マジで気づいてなかったのかよ。おめぇ、夜中の町内放送を聞いてなかったな。せっかく王様が避難を呼びかけたってのに、なにしてんだよ。爆睡でもしてたのか？」

「え。あ、まあ、それに似た感じで。ちょっと旅に出てたというか」

「旅？　なにゆってんかさっぱりだけど、とにかく今はそっから早く逃げるんだ。そっちに今、樹霜が迎えに……」

蘭州が言い終わらないうちに、光の幕に砂嵐が起きる。蘭州と秦淳の顔は見えなくなり、直後に通信が切れ、幕が消えてしまった。美由樹が二人の名を呼ぶも、指輪は以後なにも応えず、沈黙する。

不安が心に湧き起こる。自身が夢を見ている間に、現実世界で大変な事態が起きたらしいことを察した美由樹は、ひとまず頭を振って、不安を追い払った。心が落ち着くと、愛剣を腰のベルトに差し、ブレスレットと指輪を装着し、家の鍵を持って玄関へ下りる。

鈴街町は、城下町の位置づけから、外界との交流が多い町だった。外交や商事で人の往来も多く、今回のように侵略を目的としていたり、また外界には怪物や魔物もいることから、それら外敵が迷い込んだりしたことが今までに何度かあった。それでも町民たちが、これまで平和に過ごしてこられたのは、この町が周囲を高い塀で囲っていることに起因している。しかしそれだと鎖国状態に陥ってしまうので、町は塀の一箇所に門を設け、有事の際はそこを閉じることで、外界からの侵入者を防いできた。門はハンター総務役所の裏にある。美由樹は町から出るならそこしかないと、玄関の鍵を閉めてからそこを目指すことにした。

ハンター総務役所は、美由樹の通学路の道中にある、丘の上に建っている。闇の王の手下といつ遭遇するかもしれない今、電柱や植木などの陰に隠れて道を進む。無事に丘に着いた美由樹は、周りを見渡し、誰もいないのを確認すると、丘を一気に駆け上がって役所の中へ入ろうとする。

刹那《せつな》、視界の端に影がよぎる。そちらを振り向くと、郵便ポストの陰に男が一人蹲《うずくま》っていた。ぼさぼさの髪に伸びきった髭《ひげ》。手足の先は泥で汚れ、着ている服もボロのところを見ると、男はどうやらホームレスらしい。怖い思いでもしたのか、美由樹の存在に気づくと震えだしたので、美由樹は急いで駆け寄り、

「怖がらないで。俺はハンターです。安心してください」

と、優しく語りかけた。美由樹がハンターと知って、ホームレスの男は安心した様子で、差し出された手を取る。美由樹が笑顔で頷《うなず》き、彼の手を引いてその場に起き上がらせた。

「まんまと引っかかったな」

直後に、この場の誰のものでもない声が聞こえてきた。美由樹が後方を振り向くと、黒いマントに身を包んだ男が仁王立ちしており、後ろでは山賊らしい格好をした男たちが次々と姿を現し、美由樹たちを取り囲んだ。しまったッと美由樹は急いで抜刀しようとするも、黒マントの男が被っていたフードを脱いで顔を露わにしたので、手を止めた。

「おまえは、あのとき自然の森を襲った手下ッ」

美由樹が目を丸くして叫んだ。山賊を引き連れて現れたのは、過去に哲《さとる》という機械好きの男を相棒に、自然の森という森を襲撃した闇の王の手下だった。名を利明《としあき》といい、かつ

て二人は光の守護者、光真を拉致《らち》し連れ去っている。彼を救うため、美由樹は蘭州とハンターとしての初任務に就いたのだ。その後、哲は旅の道中で再会し、一戦を交えた末に改心させた。そして同じく王の手下だった蝶蘭《ちょうらん》という女と、漁師になることを約束させたので、美由樹は哲については気に留めることはなかった。しかし、相棒の利明の存在をすっかり忘れていた。そのことに今さらながら気づいても遅いのだが、なにも知らない利明は、懐からナイフを取り出すと、一歩前に踏み出す。美由樹が足を引き、今度こそ剣を鞘《さや》から抜こうとする。

次の瞬間、後頭部に衝撃が走った。視界がぐらつき、美由樹の体が大地に崩れる。意識が遠退く中で、美由樹が後ろを見ると、ホームレスの男が手に煉瓦《れんが》を持って立っていた。

「まさかあなたも、本当は闇の……」

「おい。まだ意識があるじゃねえか。やるときゃ、きちっとやれと言ったろうがッ」

利明がホームレスの男を叱った。男が平身低頭して謝る。

「すいやせん、兄貴。これでも力いっぱい殴ったんすけど」

「ああ、そうかい。だったらさっさとこの縄で坊主を縛り上げろ。死の神に居場所が知られる前に」

どうやら利明は新たな相棒、というより子分を上から与えられたようだ。そんな子分の不始末に、利明は呆《あき》れ顔でそう命じると、腰にぶら下げていた縄を放る。子分が、抵抗力を失った美由樹を縛り上げた。利明が口角を上げて言う。

「相変わらず弱いな、坊主。安心しろ。ハンターは全員捕まえろってのが上からの命令だ。悪く思うなよ」

「上の……そんなの、俺がさせない。絶対に、止めて」

「縛られて動けねえ野郎がなに言ってやがる。てめぇももう限界のはずだ。さっさと気絶して、楽になっちまえ」

「そんなこと……ぐッ。だ、駄目だ。意識が……力も、入らない」

「ヘンッ、我慢しなくていいのに。と、ちと話しすぎたな。そろそろ行くぞ、野郎ども」

　言うと利明は、美由樹を脇に抱え、役所の中に入っていった。男たちが、押忍《おす》ッと声を揃《そろ》えてあとに続く。

　そこから先のことを美由樹はあまり覚えていない。役所のロビーで、複数人が縄で拘束されているのを見て、その中の一人が猿轡《さるぐつわ》の奥からなにか叫んだのが聞こえたが、門の開閉する音とともにその声も聞こえなくなる。利明たちが大地を闊歩する音が脳裏に響き、刹那に魔法が放たれる音と悲鳴が聞こえ、その後は魔法が飛び交う音が忙しなく鼓膜を刺激するが、美由樹にはどこかそれが遠い世界で起きている気がしてならなかった。

　あやふやな記憶。意識が薄れ、自分がどこにいるかもわからなくなり、真っ暗な闇が眼下に広がっていく。気を失ってはならないと自身を鼓舞しても、瞼《まぶた》はとうに重く閉じられており、最後に脳裏に一閃《いっせん》が走ったときには、遂に少年は意識を失い、闇の深淵へと落ちていった。

第二章　敵の敵

ここはどこだ。少年は自身に問うた。暗黒の世界。なにも見えず誰もいない世界に、自分は一人で漂っている。

なぜここにいるのか。問いかける心に、少年は答えることができなかった。なぜ自分は暗黒の世を漂っているのか。その世界に一人でいることすら思い起こせない。目眩《めまい》がする。頭がズキズキと痛い。少年は、その後もたった一人で、クルクルと回る視界と、頭の痛さと闘いながら、暗闇の中を漂い続けた。

何者かの声が世界に響く。少年は閉じていた目を開いた。空耳か。いや空耳ではなかった。空耳と思い、少年が目を閉じると同時にまた聞こえてきたのだ。今度ははっきりと、大きな声で少年の名が呼ばれた。少年が目を開く。その場に立ち上がり、声のするほうへ走る。前方に光が見えてきた。声はその向こうから聞こえてくる。とてもにぎやかで明るい声が、闇の中の少年をいざなう。待ってくれ。今そこへ行くから。少年は足を速めた。光が徐々に大きくなり、遂に少年は光の世界へ到達する。

「美由樹。しっかりしろ、美由樹ッ」

男の声が間近から聞こえてきた。その声で意識を取り戻した美由樹は、小さな呻《うめ》き声を立て、瞼を開く。蘭州が美由樹の顔を覗《のぞ》き込んでおり、その隣では旅仲間の加藤蘭《かとうらん》が、心配そうな顔で同じく美由樹を見ていた。美由樹が二人の名を呟く。その場で上半身を起こした彼は、そこで自身が天蓋《てんがい》つきのベッドに寝かされていることや、後頭部に大きなたん瘤《こぶ》ができていることを知る。

道理で夢の中でも頭が痛いわけだ。美由樹は、頭のたん瘤を撫《な》でて痛みが減るのを祈りながら、蘭州と蘭を振り向き、ここがどこか尋ねた。美由樹が目覚めたことで安堵《あんど》の表情に変わった二人は、ここが光族の王が住む城、光の宮殿であることを知らせる。あのあと敵に拉致されかけた美由樹を、迎えに来た樹霜が見つけ、城まで運んできてくれたこと。気絶して目覚めない美由樹に、目覚めるまでの間、秦淳が自身のベッドを貸し与えてくれたことを教えてくれた。

「ったく、おめぇって奴は、避難指示が出てんのに町にいるわ、敵に見つかって捕まるわで、こちとらマジで肝を冷やしたんだぞ」

「敵に思いきり殴られたのよね。当たりどころでは一生目覚めないかもとお医者様に言われて、私も海林君も心配してたの。あ、王様、樹霜さん。グッドタイミングです。今、佐藤君が目を覚ましました」

言っている間に部屋のドアがノックされ、外から秦淳と、美由樹の従兄弟《いとこ》の樹霜が入ってきたのを見て、蘭が言った。美由樹が起きているのを見た二人は、目を丸くして彼の目覚めを喜び、秦淳などは脇目も振らず美由樹へ駆け寄ると、彼を思いきり抱き締めた。

「目覚めてくれてよかった。もう胸がはち切れそうじゃ」

「ごめんなさい、王様。俺、まさかこんなことになってるとは思わなくて。王様にもご迷惑をかけてしまって、本当にごめんなさい」

「謝る必要は無い。御前は昨晩、古代人から幻を見せられ、秦淳からの警告を聞き逃して仕舞ったのだからな。俺も、偶々前日に城に居たから事態に気付けた。此は偶然が重なった事故だ。其れより頭は未《ま》だ痛むか？」

「大丈夫だよ、樹霜。痛いけど、それほどじゃないから」

「其れならば良いが、御前も斯うして起きた事だ。積もる話も有ろう。此方も話が有る故、応接の間で話をしよう。御前達も美由樹と共に来い」

美由樹の次に、蘭州と蘭にそう言うと樹霜は、秦淳とともに部屋を出ていった。美由樹と蘭州、蘭の三人も部屋を退室する。

途端に美由樹がアッと声を上げた。光の宮殿は本館と別館の二つに建物が分かれているが、本館の最上階にあった秦淳の寝室の前の廊下が、これでもかと人で溢《あふ》れかえっていたのである。家族連れや老夫婦、ペットを連れている人まで、老若男女、年齢を問わず大勢の人が廊下のあちらこちらで屯《たむろ》している。しかもそれはその廊下だけに留まらず、階を移動するごとに人数が増えていき、城の使用人たちから毛布や食べ物の配給を受けていた。

美由樹があ然とする。

「この人たちは一体。みんな、町から避難してきたのか」

「そんとおりだぜ。ただ、避難してんのは町の人だけじゃねえんだけど」

「実は鈴街町と同じことが世界各地で同時多発的に起きてるの。鈴街町ではハンターだけだったようだけど、彼らは手当たり次第に人を捕まえてて。海林君の家族も私の家族も、私たちを逃がすためにみんな投降したわ。自然の森のみんなも、前に一緒に旅をした久美《くみ》さんや、そのお友達っていう人魚姫もみんな捕まっちゃったの」

「なんだってッ。みんな捕まった？」

蘭州と蘭の説明に、美由樹が驚いて聞き返した。二人は元気をなくした様子で頷くも、そうこうしている間に目的の部屋に着いたので、三人は秦淳と樹霜のあとに続いて、中に足を踏み入れる。

応接の間は、美由樹もよく知る食堂の真上の階にあった。室内は書斎と社長室が混在した雰囲気が漂っており、壁一面には棚が置かれ、本や賞状、王族の紋章など、貴重な品々が並べられている。部屋の奥に視線を向けると大きな窓があって、その前にはデスクが一つ、部屋の中央には、四人がけのソファが二つ置いてあった。

そのような室内の至るところに、これまでともに旅し、あるいは助け合った仲間たちがいた。梶谷邪羅《かじたにじゃら》と藤谷豪はともにソファに座り、彼らの隣には、自然の森の住人である弥生《やよい》と恵美《めぐみ》が座っている。向かいのソファには皇《こう》が俯《うつむ》いていた。生き残った知人の数の少なさに、美由樹は改めて事の大きさを知り、驚愕《きょうがく》する。

「たったこれだけ。魚龍《ぎょりゅう》たちも、砂場でよく遊んでた小さい子たちもみんな捕まったのか。愛《あい》も美優《みゆ》もみんな」

「ごめんなさい。皆さんを守ろうと必死に戦ったのに、守り通せなかった。私がもっとしっかりしてればこんなことには……」

「泣かないで、弥生。これはあんたのせいじゃない。あんた一人で全部背負《しょ》い込まないでよ」

恵美が、泣きだした弥生を励ました。皇が大きく頷く。

「おまえが泣いたらみんな悲しくなる。今はこれからのことを考えよう。希望がすべて潰《つい》えたわけじゃない」

「其の通りだ。我々には、光の守護者の存在と、我々が斯うして集まっているという希望が未《ま》だ残っている。美由樹とも無事に合流出来た。御前達には既に話したが、美由樹の為に今一度、現状に就いて話しておこう」

扉を閉めた樹霜はそう言って、今の状況がどのような経緯で起きたのかを話し始めた。

それは昨夜、城に、ある一本の通知が入ったことから始まる。

通知を送ったのはハンターの青年だった。ハンターには部署が三つあり、一つは、美由樹たちのように世界を旅して各地の争いごとを鎮める出張部で、もう一つは一箇所に留まり、その地の防衛・警護をする定着部。最後の一つは、豊富な知識と高い技術を兼ね備えた探索部である。探索部は、ポロクラム星の数多い遺跡の調査をする研究員たちの身の安全を守る目的で発足された部署で、城へ一報を入れた青年はこの探索部に所属していた。

また彼は、世界中にあるハンターの支部のうち、北極点に近い北支部に配属されてもいた。そのようなところにいる彼がなぜ、上長を通さず光の宮殿へ一報を入れたかというと、それは今から三日前に遡《さかのぼ》る。

ハンター北支部の管轄内に、闇の神殿という遺跡があるのだが、そこへ調査に入った研究員たちが予定日を過ぎても帰宅しないという事件が起きた。調査に同行した探索部のメンバーも戻ってこないことから、事件が起きて二日後の昨日、支部長の指示の下、探索部のメンバーが様子を見に行くことになる。

青年も、捜索隊の一人として闇の神殿へ向かった。道中、捜索隊のメンバーと離れてしまった彼は、頂上を目指して一人、遺跡内部を突き進む。遺跡頂上に立派な神殿を見つけ、中へ入ると、そこで闇族が大勢集まっていて、行方不明の研究員や探索部のメンバー、さっきまでともにいた捜索隊の仲間を拘束しているのを目撃する。

さらに青年は、闇族の集団が闇の王の手下であること、そんな彼らが、光族に対して反逆を起こそうとしているのを盗み聞きする。事の緊急性を感じた青年は、急いで支部へ戻り、城へ一報を入れるも、報告の最中、青年を追って闇族の集団が支部に乗り込んできたため、秦淳が命令を出す間もなく通信が切れる。加えてほかの支部でも、北支部と同様のことが起きたという情報が飛び込んできたことから、秦淳が緊急事態宣言を発令。国民に防戦と避難を呼びかけた、という次第である。

「じゃが私が宣言したころには、敵はすでにいくつもの町や村を制圧しておった。自然の森と鈴街町も、民の避難中に敵に攻め込まれて堕ちてしまった。私が今摑《つか》んでおる情報では、昨晩のうちに世界人口の半数以上が捕まり、ハンターも全体の二パーセントほどしか残っておらぬ。いや、もうそれ以下になっておるやもしれぬ」

秦淳が樹霜の話につけ加えた。一夜にして世界の情勢が光から闇へと転じたことに、美由樹は悪夢を見ている気がしてならなかった。

「敵の此の計画は、美由樹達がハンターの旅を始める前から始まっていて、連中は新たな王を上に立て、水面下で侵略範囲を広めていたらしい。スパイとして闇族に潜り込んでいた俺も、此のような計画が企てられていたとは知らなかった。美由樹を助けて初めて知ったのだ」

「一晩でそんなにも人が捕まったなんて、僕も夢と信じたいけど、まだ全員じゃない。この城の中を見ても九百人近くいるんだから、ほかの場所にも生き残ってる人たちはいるはずだ。そこと連絡が取れれば、きっとこの状況を打開する策が見つかるはず」

邪羅が、樹霜の説明で気落ちする一同を見て言った。

「其の通りだが、今の状況下では然う簡単に相手と連絡が取れないのだ。敵が妨害電波を発していて、電波を逆探知する装置も持っているから、此方が別の場所へ連絡すれば立ち所に位置が割れて仕舞う。此方が持つ妨害電波遮断装置を使っても、妨害出来る時間には限りが有る。此の近辺で堕ちていないのは今の処、此処と砂漠の町、忍びの里だけだ」

「たった三箇所ッ。それじゃぁ、いつここも攻め込まれっかわかんねえじゃんか」

蘭州が声を上げげた。秦淳が暗い表情をして頷く。

「今回の闇族の行動は、実に緻密で計画的じゃ。おまけにここには女性や子供、老人が多く集まっておる。兵の数も元より少ない。そこを攻められ、我々が倒れれば、この城は簡単に堕ちるじゃろう。そのときはここを捨てざるを得ぬ」

「逃亡生活というものですね。この状況では『逃げる』が最善策なんでしょう。仕方がありません。最後の切り札です」

「最後の切り札……みんなにはもう、会えないのかな」

弥生の言葉を受けて美由樹が呟《つぶや》いた。それを聞いて皆は黙り、下を向く。ここにいる誰もが認めたくない現状を突きつけられ、それとどう向き合えばよいか、どうすれば勝てるか葛藤する。しかし彼らがどれほど内心でもがいても、答えはやはり一つしかなかった。

それでもいい方法があるはずだと、美由樹は一人、新たな方法を探るが、そのとき廊下からバタバタと足音が聞こえてくる。不吉な予感漂う音に、誰もが部屋の扉に視線を向ける。扉が音を立てて開き、ポッチャリした中年の女が、息を切らして入室してきた。

「ぶ、無礼を、お許しください。私は、真さん専用の治療室の、師長でございます。敵が、侵入してきましたッ」

やはり不吉な知らせだった。ショックを隠しきれない一同に、さらなる追い打ちがかけられる。前々回の旅で闇の毒気に中り、治療室のベッドで治療を受けていたはずの真がいなくなったのだ。師長がそれに気づいたのは治療室の扉が閉まったあとで、急いで追いかけたがそこに彼の姿はなく、大慌てで知らせに来たのだという。

「こうなればやむを得ぬ。城内及び城外に避難命令を出す。戦える者は武器を取り、戦えぬ者を守れ。戦えぬ者も、老人や子供に手を貸して、速やかに地下の避難部屋へ避難するのじゃ。決して犠牲を出してはならぬ。すまぬが師長、君が指揮を執ってくれ。それと兵の者に、敵の侵入をできる限り食い止めるよう伝えよ。怪我人がおれば速やかに避難部屋へ行くようにとも伝えてくれ」

秦淳が決断を下した。命を受けた師長は、一礼すると慌ただしく退室する。美由樹たちも、秦淳から真を捜すよう命を受け、彼女に続いて部屋を出た。真が敵に見つからないことを願い、捜索する。

そのころ、敵の一味として城の敷地内に侵入した少年は、一人で、城の中庭にある噴水のところにいた。噴水には五人の天使のモニュメントがあり、うち一人の頭の上に座って、眼前に聳《そび》える城を眺める。

少年は過去に思いを馳せていた。自分は前、ここに住んでいた。王位を継ぐ者が流行病で死去し、王家の末端である自分の母に役が回ってきたが、男しか王位は継げないという規則により、息子の自分が選ばれた。しかし当時の自分は幼く、成人するまでの間、民間出身の父が王位に就くことになった。

父は民から慕われる王となった。それが自分の、破滅への道を歩むきっかけとなった。禁じられた魔法を用いて死に神の力を得たのも、闇族と手を結び、悪事を働くようになったのもすべては父への反発。次期国王と敬われていたはずの自分を、ただの一言「王の子」とまで品位を貶《おとし》めた父を、自分はどれほど妬み、憎んだことか。少年は苛立ちを隠せない表情で鼻息を立てた。

しかしである。少年が張っていた肩を落とす。こうして天使の頭に座り、城を眺めると、なぜかその父の顔が浮かんでくる。王位に就く前、忙しさも苦労もなにもなかった時代。朗らかな笑みとともに自分の名を呼び、駆け寄った自分を肩車してくれた父。遊び疲れて寝落ちした自分をおんぶし、ベッドまで運んでくれた。その背がとても温かかったことを今でも覚えている。当時の思い出が城を見ると湧き起こり、そのせいで自分は城を壊すことができない。ここを捨て敵対者となったのに、なぜ自分は敵としての態度を取れないのか。少年は、地面へ降りると、水瓶の水を頭から被る。

乾いた肌に潤いが戻る。目が覚めたのか少年は、お供に連れてきた四十匹の死神犬《しにがみけん》が、唸《うな》り声を発しているのに気づいた。視線を向けると、煌《きら》びやかな髪をした青年がそこに立っていた。彼を見た少年は口角を上げて、犬たちに道を空けるよう指示した。犬たちが、青年に牙を向けつつ道を空けると、青年は、少年の自分への対応に戸惑う様子を見せたが、すぐにも表情を戻し、少年に向かって歩き始めた。

「やあ。君から来て呉れるなんて嬉しいよ、光の守護者君」

少年が青年に話しかけた。青年が、一つ間を開けた後に口を開く。

「この騒ぎは死の神、あなたの仕業か」

「大当たり。僕はね、欲しい者を手に入れる為なら何だってするタイプなんだ。君だって其の位分かっているだろう」

「なぜだ。死の神、いや夢見敦史。あなたはなぜこのような行いを許す。あなたはそのようなことをする者が一番解せなかったはずだ」

「へえ。君って案外僕を見ているんだね。確かに彼奴《あいつ》の、闇の世界の創造には賛成だけど、全員を拘束するのは気に入らなくてね。僕の玩具《おもちゃ》も壊されそうだったから、斯うして馳せ参じたのさ」

「絶対に渡さない。どんなことがあっても、私が守ると決めたんだ。これ以上、美由樹に手を出すな」

「戦うのかい？　今度許《ばか》りは逃げられないのに」

「私は守るべき者を守るだけだ。これ以上、あなた方の好きなようにはさせない」

「ハア。君は何時《いつ》も前向きだね。少しは振り返って良いと思うんだけどど。僕が其れに気付かせて遣ろう」

　言うや敦史はどこからか巨大な鎌を取り出し、地を蹴って青年に突進した。犬たちが、主を応援しようと吠え立てる。

　その声を聞いて、美由樹はその場に立ち止まった。近くの窓へ駆け寄り、外を覗くと、遥か下に中庭と噴水が見え、その近くで人が二人立っている。武器を交えているのかキンキンと音が、美由樹のいる四階の廊下まで聞こえてくる。二人を囲む、何十匹もの黒い犬の鳴き声も聞こえてきて、美由樹は鵜《う》の目鷹《たか》の目で戦う二人を注視した。二人は黒色と黄色が対立しているように見え、さらに目を凝らすと、全身黒一色の少年と、金髪をした青年であることが判明する。

真。美由樹が内心で叫んだ。真が敵に見つかって一人で戦っている。しかも相手は古代界で倒し損ねたあの夢見敦史で、美由樹はなぜ彼がここに来ているのか疑問に思う一方で、真の応援をしなければと、急ぎ一階へ駆けだす。階段を下り、地下に避難しようとする人の波を掻《か》き分ける。仲間の声をよそに一階に到着し、誰もいなくなった廊下を走り抜けたとき、地響きが城中に鳴り響いた。不安がよぎる。足に力を込め、美由樹は廊下を直走った。中庭へ続く扉が見えると、腰の鞘から剣を抜き、勢いそのままに中庭へ飛び出す。

足が止まる。飛び出した先で見た景色。犬の群れの真ん中で、真が平然と立っている。足元には鎌が、あらぬ方向へ折れ曲がって転がっており、持ち主はそこから二十メートル先にある城壁の下で、うつ伏せで倒れていた。美由樹は自身の目を疑う。過去の二度の戦いで、あれほど苦戦を強いられ倒せなかった敦史を、真はたった一撃で城壁まで飛ばし、地に伏せさせたのだ。

さっきまで治療室で寝ていたはずなのに。それともこれは奇跡が起きたのか。いや、そうではあるまい。能ある鷹は爪を隠すと言うように、真も本来の力を隠しているのではないか。その証拠に美由樹は、強い光の気配を感じて、真が持つ剣を振り向いた。獅子の顔が柄に彫られた剣で、煌びやかに輝く姿には神々しさがあり、それを見た美由樹はハッと思い出す。あの剣は、敦史と初めて戦ったとき、彼に取り込まれる寸前に真が自分に託してきた神剣ではないか。敦史を取り逃がしたあと、知らないうちに手元から消えてなくなっていたが、その剣のおかげで、美由樹は敦史の闇を砕き、彼を負かすことができた。しかし今真が持つそれは、あのときよりも輝きが段違いに増していた。まるでこちらが現し身であるように、美由樹はその剣が、神剣といえども浮世離れしている気がしてならなかった。

意識が現実に戻る。主が飛ばされたことに呆気《あっけ》に取られていた死神犬が、美由樹の存在に気づいて間合いを詰めてきていた。美由樹は剣を握り直し身構えるが、直後に犬たちを制す声が聞こえてくる。声のしたほうを振り向くと、敦史が壁に手を当てて立ち上がり、真をキッと睨《にら》みつけていた。

「如何《どう》やら僕は君を見縊《みくび》っていたようだ。君のような存在を彼奴《あいつ》に渡したく無い。今日こそ君に引導を渡して遣ろうッ」

何個持っているのか、敦史は真に折られたのと同じ鎌を出現させ、真に突進した。そのスピードは古代界で見たよりも速く、美由樹は真を守りに走る。犬たちが襲いかかってきて、その場に踏み留まり、犬たちを薙ぎ払った。しかし犬たちは、なんと賢いことか美由樹の死角を的確に突いて翻弄する。多勢に無勢の上、倒してもすぐにまた起き上がってくるので、美由樹は応援を呼ぼうとするも、犬の吠える声に妨げられてしまう。城内では、避難する人々の声が溢れていたこともあり、こうなれば一人で持ち堪えるしかないと、美由樹は仲間たちを信じて、愛剣を振るい続けた。

そんな少年の踏ん張りを横に、敦史と一騎打ちしている真も、なかなか敦史を倒せずにいた。いや違う。真は敦史を倒そうとしていなかった。その証拠に彼は、さっきの一撃以降、これといった攻撃を仕掛けておらず、敦史から繰り出される攻撃を躱《かわ》すに留めていた。

「矢張り、あの時は態《わざ》とだったんだね」

自分からはなにも仕掛けず、一方でこちらの攻撃はなに一つ受けつけない真を見て、敦史が苛立ちを覚えながらも言った。

「一年程前、君は闇に堕ちた。美由樹を庇った為で、彼《あれ》は態とじゃ無いと分かるんだよ。でも問題は其の後だ。君さ、僕等の動向を初めから知っていただろう。世界の闇が日に日に勢力を増すのを君も感じていた筈。で無きゃ君は、手下に捕まった時や、僕が作った闇の王から拷問を受けた時に、体力的に弱っていなかった筈だ」

「たしかにあのときの私は、逃げ出す力もなく、あなた方のされるまま、苦痛に耐えるしかなかった。しかし、それとこれとにどんな関係がある。神よ、あなたはなにが言いたい」

「君の力の事だよ。否、魂の事と言った方が良いかな。あの時君は極限まで弱り、其れでも僕の中に入るのを拒み続けたにもかかわらず、王に魂を盗られた時は一切抵抗をしなかった。其の時に上げた悲鳴も、本心からのものじゃ無く、早く盗れと言わん許《ばか》りの悲鳴だった」

「つまり、私がわざと悲鳴を上げたと？」

「で無きゃ君の魂を、ああも容易く奪うなんて出来無かった。美由樹達の妨害には遭ったけど、あの速さは尋常じゃ無い。だから僕は王に時間を稼がせ、君の動きを見張ったんだ。でも君は動かなくて、御陰で僕は其れに騙《だま》され、美由樹を我がものにしようとした」

「美由樹はとても純粋だ。仲間思いで、実行力も、そのために必要な力も兼ね備えている。しかしあの子の精神面は脆《もろ》い。あなたは、仲間が消える恐怖を味わわせれば、あの子の精神は崩壊し、我がものになると考えた。ところがそこへ魂を盗られたはずの私が現れ、あの子たちを別次元へ連れ出した。幻覚を他者に見せるには、相応の負荷が術者にかかる。あのときの私は立つのも話すのもやっとで、故に私が作った幻覚の世界はすぐに崩れてしまったんだ」

「僕が言いたいのは其の事じゃ無い。人は、弱った時程本領を発揮する不思議な生き物だけど、君は其れ以上だ。魂が無いのに体を動かせるなんて、通常じゃ有り得ない。僕が倒れた後で美由樹と再会した時も、君は僕に魂を盗られた儘で。否、置いていったんだ。其の所為《せい》で僕は、古代界でも君に邪魔をされた。君は、美由樹が古代界に行き、其処で僕と戦うと知っていたから、此の世を生きるのに必要な魂を取り返そうとしなかった。如何《どう》だい。図星かい？」

　無言になる真に、敦史が畳みかけるように問うた。気づけば二人は戦いの手を止め、車一台分の距離を置いて向かい合っている。敦史の問いかけに、しかし真は答えようとはしなかった。

　敦史が再度催促する。それでも真は口を閉ざしていたが、

「これもすべては美由樹のため。これから起きることも、その結末がどうなろうと、私は守るべき者がある限り戦い続ける。あなた方にこの世界を渡すわけにはいかない」

　と言い終えるや、体から光を放ち、敦史の視界を真っ白に染め上げた。しまったッと敦史が叫んだころには、光は彼の体を捉え、光の檻《おり》の中に閉じ込める。光は勢いそのままに中庭から城の内部へ走り抜け、城全体を包み込むと、すべてを白一色で埋め尽くした。

　美由樹も、あまりの眩しさに目が眩《くら》み、顔を逸らす。光は長きにわたって輝き続け、どのくらい経ったか知れなくなったころに陰りを見せて収まる。顔を上げた美由樹が見たのは、自分の周りで力なく倒れた犬たちと、同じく戦闘不能となり、真の足元で大の字に横たわる敦史の姿だった。

　美由樹が真の名を呟いた。圧倒的な力の違いに、彼は呆然《ぼうぜん》と立ち尽くすほかなかったが、真はそんな彼に見向きもせず、目を瞑ったまま動かない敦史に視線を注ぎ続ける。敦史の眉間に皺《しわ》が寄った。意識を取り戻したらしい。

「矢張り、君は超人だよ」

　敦史が、真が見ていることに気づいて言った。その声はさっきよりも弱く、弱点の光を浴びたからか、息遣いも荒くなっていた。

「本当に君は……父の言う通りだ。僕は、君には勝てない。君を超えたくて、君を殺せば其れが出来ると思って、何度も君を殺そうとしてきたのに、いざ君を前にすると、体が硬直して仕舞う。前に父が君を、神其のものだと評した事が有ったけど、斯うして君と戦い、敗れて、漸く其の意味を理解したよ。勝負は遣る前から付いていたのに、僕って馬鹿だな。自分の事乍《なが》ら笑っちゃうよ。ハハハ」

「………」

「如何《どう》してもっと早くに気付かなかったんだろう。でも、今と為ってはもう良い。此で僕も、心置き無く彼《あっち》の世へ逝ける」

「……私に、あなたを成仏させろとでも？」

「如何《どう》せ僕は、彼奴《あいつ》の計画じゃ御払い箱だ。彼奴に殺される位なら、いっそ此処で君に殺《や》られた方が良い。僕が憧れ、今此の時超えられないと悟らせて呉れた君になら、僕も申し分無く命を差し出せる。君も、美由樹みたく僕を倒したがっていた筈だ。今が其の時だよ」

　敦史が晴ればれした表情で言った。真は、しかし彼の言葉どおりに剣を振るおうとせず、代わりにその場に片膝を突く。

「夢見敦史よ。私はあなたを殺さない。あなたのお父上、夢見秀作《しゅうさく》さんから、あなたを元の道へ導くよう遺言を預かっている。罪深きあなたのすべてを許すことは、この私でも容易ではないが、私はあなたを許し、生かすと決めた。生きて償うことに意味があると信じて、あなたを光からも闇からも追放する。どちらでもあり、どちらでもない『無族』になることが、あなたに与えるにふさわしい罰だ」

「……ハ、ハハ。君は、笑っちゃうよ。敵の僕を許すと言っておきながら、無族って、死刑の次に重い罰じゃ無いか。さっさと殺せば良いものを、後悔するのが目に浮かぶよ。ハハハ」

真の決断に、敦史は声高々に笑った。それも束の間、彼は口を噤《つぐ》むと黙り込んでしまう。遠くから見守っていた美由樹は、彼に歩み寄った直後に目を瞠《みは》った。敦史の目に涙が溜まっていたのだ。

「本当に、笑わせるなよ。君は、一体何処まで、寛大で居られるんだ。僕は此処で朽ちる気満々だったのに、何故僕は泣いている。今までずっと気張って、其れが僕の道だと信じて遣ってきたのに、何故僕は今、気分が迚《とて》も晴れているんだ。敵前で泣く事も此の上無く恥ずかしいのに、変だよ。涙が止まらない。止められないんだ」

敦史は涙を堪えようとしていた。しかし涙は溢れてきて、止め方を知らない彼は、ただ唇を嚙《か》み締める。その姿は、自分の知る彼のどの姿にも当てはまらず、美由樹はこれが彼本来の姿なのではと、今まで自身がどれほど彼を曲がった目で見ていたか痛感する。

真も、こちらは表情を変えることなく敦史を見ていたが、敦史へ手を伸ばすと、彼の体を起こし、抱擁した。美由樹と敦史が目を瞠る中、真の体から淡い光が漏れる。敦史の目にとろみがかかり、瞼が閉じられる。敦史の体からも光が発せられて、二度点滅すると急速に衰え、体の奥底へ消えていった。涙が止まり、それまで敦史から感じていた闇の気配が消え、光の気配もなく、『無』があるのみとなる。無族へ転換したせいか、意識を失った敦史を、真は優しく離すと地に横たわらせた。その表情はどこか愁いに満ちており、まるで敦史に自らの姿を重ね、決断を下したことを嚙み締めているようだった。美由樹が真の名を呟く。真がその場に立ち上がった。

まさにそのとき、轟音《ごうおん》が辺りに鳴り響いた。美由樹と真が音のしたほうを振り向くと、さっき敦史がぶつかった辺りの城壁が崩れており、土埃《つちぼこり》が舞う中から、一匹のドラゴンが現れる。三階建てのビルに匹敵するほどの図体をしており、鉤爪《かぎづめ》と尾の先の棘《とげ》は鋭く尖っていて、当たれば人体など一瞬で引き裂かれそうな威厳が漂っていた。

「やはりくたばったか」

ドラゴンの肩から、夢の世界で聞いた覚えのある男の声が聞こえてきた。一人の男が乗っている。年は三十代ぐらいで、中肉中背の体形に、シュンとした鼻と細い眉をしている。腰まで伸びた黒髪。前髪の一部を赤と黄色に染め、その身は黒マントに包まれている。ドラゴンを操って城に乗り込んできたところを見て、この男も敵と見なしてよいのだろうが、美由樹にはどこか、今までの敵とは違う風格がある気がしてならなかった。

真も、美由樹と同じ印象を受けたようだった。ドラゴンもさることながら、男の顔を見て目を丸くする。男の視線が、敦史から真へと向けられた。目と目が合い、その瞬間、両者間に爆発が起きた。

エッと美由樹が声を漏らす。気づいたころには、美由樹は敦史と後方へ吹き飛ばされ、庭の植え込みにぶつかっていた。痛みですぐには起き上がれなかったが、美由樹が顔を上げると目の前にドラゴンが鎮座し、奥では真が、男に首を握られ、崩れていない城壁に押し当てられていた。背後の城壁には波紋状の罅《ひび》が入っており、それほどの衝撃を体に受けた真は、幸い内臓は破裂せず、男の束縛から逃れようと抵抗する。男が不敵な笑みを浮かべた。

「夢見敦史は実に愚かだが、それより愚かなのは、貴様がこうしてのこのこと奴の前に現れたことだ。奴が現れた時点で、我らがそばにいることは感づいていたはず。ぬかったな、光の守護者よ」

「ぐッ。あ、あなたは、やはりあのときの」

知り合いか、真が男の正体を察して言葉を発するが、次の言葉を続ける前に男の手に力が込められ、首がさらに圧迫される。息が詰まり、真がガハッと口を開けた。

「言っておくが、私は貴様の言霊《ことだま》に惑わされるほど精神的に弱い男ではない。我が力を知っているならば、それ以上語ればどうなるか察しがつくはずだ。無論私が貴様を捕らえに来た以外に目的があることも、勘の鋭い貴様のことだ、話すまでもなかろう。貴様の仲間もドラゴンで足止めさせた故、今の貴様にできることは、我らに降伏し、闇に世界を明け渡すことだけだ」

男が握力を強める。真の口がなお開かれ、空気だけが外へ漏れ出る。それを見た美由樹が急いで起き上がるも、ドラゴンが行く手を遮り、美由樹を威嚇した。美由樹が怯《ひる》む。

直後に、美由樹を呼ぶ女の声が響き渡った。美由樹が振り返ると、弥生が中庭の出入口付近で立っていた。彼女の後ろからは蘭州たちが続々と飛び出してくるが、美由樹の隣に敦史が倒れていることや、そんな彼を庇うように美由樹が立ち、目の前のドラゴンと戦っていることに頭を混乱させる。

「どうゆうことだよ、これは。この犬たちは、あのドラゴンはなんなんだ。どうしておめぇの隣に敦史がいんだよ」

「悪いけど蘭州、説明はあとでするよ。それより真が、ドラゴンの後ろで敵に捕まってるんだ」

「なんですってッ。真が？」

恵美が驚きの声を上げた。その声で味方が駆けつけたことに気づいた敵の男は、運の良い奴だと真を詰《なじ》り、真の首を掴むその手から魔法を放つ。魔法は闇の瘴気《しょうき》となって、真の体を包み込むと、開いた口から体内へ侵入した。光の力が急速に闇に汚染されるのを感じて、真が悲鳴を上げる。

「此の儘では守護者の身が保たない。弱点の闇を諸《もろ》に受け続ければ、彼《か》の命は簡単に尽きて仕舞うぞ」

「そうは言っても、目の前のドラゴンをどうにかしないと守護者を助けに行けないッ」

樹霜の言葉に、豪がドラゴンの攻撃を避けながら言った。敵の男が動いたことでドラゴンも襲いかかってきたので、蘭州たちは四方へ散って攻撃を回避する。気を失ったままの敦史は、美由樹が担いで攻撃を躱すが、ドラゴンは執拗に二人に集中砲火を浴びせ、一方では尾を振り回し、美由樹の仲間たちを真へ近づけさせまいとした。

苦戦を強いられる美由樹たち。その間にも真の体力は削られていき、気づけば真は悲鳴を上げるのをやめ、だらりと手を下ろしていた。美由樹が真の名を叫ぶ。

その声で敦史が目を覚ました。霞《かす》む視界の中、隣の美由樹を見て、次いでドラゴンを見る。そしてドラゴンの奥で、敵の男に捕らえられた真を見た彼は、意識が一気に冴えて、懐から白い玉を取り出し、それを美由樹に手渡した。

「此の玉を空高く投げるんだ。彼奴《あいつ》、赤羽太夫《あかばねたゆう》が連れてきたドラゴンが阻止しようと攻撃してきても、君は高く投げる事だけを考えれば良い。ドラゴンの事は、僕が足止めして遣るから」

「敦史、おまえ」

「僕は光からも闇からも追放されちゃったからね。彼奴《あいつ》に目に物言わせたいって答えじゃ理解して貰えないだろうけど、君なら今の僕の思い、分かって呉れるよね？」

「……ああ。おまえの思い、俺がちゃんと聞いてやる。この玉を空高く投げればいいんだな」

今なら自分は敦史とわかり合えるかもしれない。美由樹は、手にした玉を握ると、敦史に尋ねた。敦史が無言で頷き、美由樹から離れてドラゴンと対峙《たいじ》する。

「死する国の犬共よ、宴の始まりだ。悪しき者を食い尽くせ。骨の髄まで食らうが良い。道を塞ぎし者を打倒し、彼《か》の者を先へ導けッ」

敦史が死神犬に命じた。彼の声に反応して、地に転がっていた犬たちが起き上がり、今度はドラゴンに牙を剝《む》いて襲いかかる。

同時に美由樹も行動に移る。敦史から手渡された玉を、古代界で自覚した己の秘めたる力、神力で高く飛べと念じ、剣の刀身で打ち上げた。敦史が言ったとおり、ドラゴンが玉の存在に気づいて阻止しようとするが、犬たちが行く手を遮る。太夫という名だった敵の男も、異変を感じてこちらを振り向くが、そのころには玉は空高くまで舞い上がり、宙で静止すると内側から黒い光を発して、その場に居合わせた全員の視界を黒く染め上げる。

頭がふらつく。それまで感じていた浮遊感がなくなり、体がどこかに着地した気がして、美由樹は閉じていた目を開き、顔を上げた。見覚えのある暗黒の世界が眼下に広がる。透明な床の上にいる自分の周りには、自分の仲間たちや秦淳が目を瞑って倒れている。彼らも、そう長くないうちに目を覚まして起き上がるが、その表情には驚きと困惑が混じっていた。

「此処は前に僕が、君等を吸収する為に使った異次元空間だよ」

声の主は敦史だった。美由樹のそばに立ち、振り向いてきた美由樹に手を差し伸べ、その場に立たせる。その顔はさっきよりも老けた印象を受け、美由樹もほかの仲間たちも目を丸くし、殊に樹霜は、彼の瞳から闇が抜けているのに驚愕を通り越して訝《いぶか》しがった。

「敦史。御前、何故我々を助けて」

「本当に驚きだよね。さっきまで敵だったのにさ。でも此で良い。今の僕は心が晴れている。此も屹度《きっと》、守護者の光を浴びた影響だろうけど、御陰で僕を捕らえていた鎖が断ち切れたよ」

「敦史……あれ。そういや真はどうなったんだ」

蘭州が尋ねると、敦史が無言のまま彼の隣を指さす。真が、目を瞑り、眉間に皺を寄せて横たわっており、意識はないが呼吸はしていることに、一同は胸を撫で下ろした。

「僕は光を生み出せないから、守護者の体内に侵入した闇を吸い出すしか無かった。後は守護者本人が体力を回復させて、目を覚ますのを待つのみ。僕を無族にするのに力を使った直後だったからね。美由樹と同じで本当に無茶をするよ」

「真を敵より奪還してくれたことは素直に感謝しよう。じゃが、私たちを助けたことで君の立場は？　君はこの先どうするつもりじゃ」

笑みを零す敦史に秦淳が尋ねた。敦史が笑みを引っ込める。

「僕は太夫を裏切った。見付かれば殺されるだろう。易々と殺される積もりは無いけど、彼奴《あいつ》はあの手此の手を使って、必ずや僕の居場所を突き止める。然う為ったらもう、死ぬ気で戦うほか無いさ」

「敦史……なあ、俺たちの仲間にならないか。俺たちも、敵の作戦を知るおまえがいてくれれば、今後の作戦が立てられる。俺たちと一緒にいればおまえの身の安全も」

「止《よ》せよ、美由樹。僕は君等とは未《ま》だ連めないから、別行動を取るさ。君等も別の場所へ避難した方が良い。太夫の息の掛かった奴は世界中にごまんと居る。人の多い所は危険だから、止めた方が良い」

「で、でも逃げてたら、この世界は」

「然う言っていられるのも今の内だよ。敵は、目に見えない場所に潜んでいる。然う思わなければ太夫に捕まるだけさ。彼奴《あいつ》は昔から」

　敦史が邪羅の問いに答えるが、言い終わる前に轟音が皆の耳に突き刺さった。世界が大きく揺れ動き、驚いた美由樹たちは慌てて地に伏せ、揺れが収まるのを待つ。しかし揺れは収まる気配を見せず、次第に強まっていって、耐えきれなくなったか、床に一筋の亀裂が入った。

「太夫だッ。彼奴《あいつ》が、外から此の世界の壁に攻撃しているんだ」敦史が叫ぶ。

「ど、どういうこと。どうして攻撃なんかできるの？」

「此処は美由樹が投げたあの玉の中なんだ。玉は未だ城の中庭に有る。魔法で作られているから簡単には壊れないけど、一箇所を集中攻撃されれば一溜まりも無い。彼奴《あいつ》はドラゴンを連れてきていたから、ドラゴンを使って玉を壊そうとしているんだ。此の儘だと玉は壊れ、緊急時用に仕組んだ安全装置が働いて皆、別の場所に移動《ワープ》」

　蘭の問いに敦史が説明する。しかし彼の最後の言葉は、直後に響いた轟音に掻き消されてしまった。

揺れが一層激しさを増す。床に入った亀裂がさらにひび割れ、壁や天井にまで及び、遂には世界全体に無数の亀裂が入る。さらにドラゴンが、渾身《こんしん》の力を込めたのだろう、今までで最大級の衝撃があった直後に、世界は高音を立てて分裂、崩壊した。

仲間たちから悲鳴が上がる。流氷のように砕かれた床の上で、美由樹たちは互いに集まろうとするが、眩《まばゆ》い光が目の前に発せられ、一同の視界を奪う。玉の安全装置が働いたと敦史の声が耳を突くが、それが皆に届くころには、皆は世界の二箇所に空いた穴に、散り散りとなって吸い込まれていた。

美由樹も、遅れて現れた新たな穴に吸い込まれ、仲間たちと離れてしまう。薄れる意識の中で、美由樹は敦史が自身の名を叫ぶのを聞き取るが、直後に意識を失い、穴の奥深くへ飛ばされていった。

第三章　稲妻の森

自身の名を呼ぶ声が闇の中から聞こえてくる。体も揺さぶられ、美由樹は閉じていた目を開き、声の主が蘭州であることを知る。

美由樹が友の名を呟く。意識が朦朧《もうろう》とする中で上半身を起こした彼は、自分の隣に蘭州がいるのを確認した後、今度は辺りを見渡した。木々が鬱蒼と茂る森の中、自分たちはどこの森にいるのだろうか。さっきまで光の宮殿にいたから、近くにある自然の森に飛ばされてしまったのかと、美由樹は初めそう思ったが、生えている木々を凝視した途端に目が冴える。木々が自然の森にはない木であることに気づいたからだ。

「ここ、は？」

「癒やしの森ってとこらしいぜ。城から遠く離れた場所にあんだと」

「癒やしの森。って、ちょっと待った。みんなは？　あのとき、あの場所にいたみんなはどこにいるんだ。みんな無事なのか？」

「悪《わり》い。俺様も、みんながどうなったかわかんねえんだ。わかってんのは、敦史が作ったあの世界でみんな違え穴に吸い込まれちまったことと、ここへ飛ばされたのが俺様とおめぇだけじゃなくて、真と恵美さんも一緒ってことだけだ。野宿すんのが決まったから、薪《たきぎ》と食い物を調達しに行ってる」

「真と恵美さんが……そうか。俺は長い間気を失ってたんだな」

「なあ、美由樹。俺様たち、これからどうすりゃいいんだ。城への戻り方もわかんねえし、蘭たちともはぐれちまった。敵に捕まってねえか心配で、頭が破裂しそうなんだ」

蘭州の顔が暗くなった。美由樹が彼の名を呟く。

「たしかに俺も心配だけど、あっちには樹霜がいる。藤谷や梶谷、加藤だって、俺たちと一緒に闇の王を倒したぐらいなんだから、絶対に敵に捕まってないはずだ。捕まってたら、俺たちが助け出すんだ。生き残ってる限り挽回《ばんかい》するチャンスはいくらでもあるんだから、おまえもそう気を落とさないで、明るく元気に行こうじゃないか」

「そうだったな。まだ俺様たちがいる。おめぇのゆうとおり、俺様たちが残ってんだ。最後ん最後まで戦い続けても損はねえぜッ」

「その前にまずは腹拵《はらごしら》えだ。腹が減っては戦ができないぞ」

蘭州が明るさを取り戻した直後に、男の声が後ろから聞こえきた。振り返ると真と恵美が、たくさんの茸《きのこ》や木の実、枝を両手に抱えて立っていた。美由樹が顔を明るませ、二人の名を呼ぶ。

「ったく。寝たら起きないと噂で聞いてたけど、気絶したふりして爆睡してたんじゃないの？　少しは危機感を持ったらどうかしら」

「うッ。それはその。あ、なにか手伝います」

「ありがとう。じゃあ、火を熾《おこ》すのを手伝ってくれ。蘭州は、恵美と食べ物の下拵えを頼む。少し先へ行ったところに小川があるから、これを使って水を汲んできてくれ」

真が、いつの間に作ったのか、葉っぱでできた筒を蘭州に手渡した。蘭州は、ガッテン承知と小川へ突っ走る。それを見た美由樹はクスッと笑って、真とともに焚《た》き火を熾す作業に取りかかった。

食べ物もあって水もある。それらがなければ、今ごろは暗い森の中を必死に探し回っていたはずで、自分たちは運がよかったかもしれない。夜の森の怖さを知っていた美由樹は、そうならなかったことを奇跡と思い、焚き火を眺めながら、狐《きつね》色に焼けた茸を頬張る。

その夜はとても静かな月夜となった。美由樹たちは、食事が一段落すると、落ち葉を掻き集め、寝床を四つ作った。作り終えた寝床に、ミノムシみたいだと呟く蘭州の隣で、恵美が服が汚れるから嫌だのと不満を漏らす。しかし真に、夜の寒さと比べたらマシだと諭され、渋々ながら寝床に就いた。美由樹も、初めて体験する寝床に不安を抱きつつも、わくわく気分の蘭州と横になる。真も続いて就寝し、よほど疲れていたのか四人ともすぐに寝息を立てて寝始める。そんな彼らを月が優しく見守った。

翌朝、日光で目覚めた四人は、用心のために消した焚き火を再び熾し、昨日収穫した食料の残りで朝飯を作った。

焚き火を囲んで朝飯を食べる四人。そんな中で、蘭州が真に聞く。

「ところで俺様たち、これからどうすんだ。城へ戻るにしても、ここはそっからかなり離れてんだろ？」

「そうだよ。素直に城を目指したら二週間はかかるだろうね」

「でもそれは、地図に載ってる道を通っての話でしょ？　闇の目を避けなきゃいけない今の状況だと、もっと時間がかかるかもしんない。城も、あのあと敵に制圧された場合もあり得るし、そんなとこに自分から飛び込むバカな真似はしたくないわ」

恵美が食の手を止めて言った。真が頷く。

「俺も同感だけど、俺たちの今の状態じゃ情報不足は否めないから、まずは情報収集から始めよう。この森の隣に情報を集められる場所があるから、そこにいる知人に手を貸してもらえば、情報を入手できると思うんだ。そのためにもまずはこの森から出ないとな」

「でも真、森から出るたって、どっちへ行けばいいんだ。俺たち地図とか方位磁石とか、必要な道具はなにも持ってないんだぞ」

「それなら心配いらないわ。ここには歩く方位磁石がいっから」

美由樹の問いに恵美が代わりに答えた。蘭州がエッと声を上げる。

「歩く方位磁石だって？　真が？」

「そう。こいつは、方位磁石がなくても感覚だけで方角がわかんの。おかげで王様はせっかくのご趣味を奪われちゃったのよねぇ」

恵美がからかい気味に真を見た。しかし真は、彼女の言葉を完全スルーして食の手を進める。つれない奴と恵美が悪態をつくが、彼女もすぐに意識を眼前の食へ戻した。恵美の話に驚いた美由樹と蘭州も、話の続きが聞きたかったが、止まっていた食を再開する。

それから数分して、朝飯を食べ終えた四人は、自分たちの痕跡を消した後、集めた茸と木の実を持って出発した。

真を先頭に美由樹、蘭州、恵美の順で森を進むこと小一時間。それでも森の出口が見えず、ひたすら真のあとを追っていた美由樹は、やはりさっきの話の続きが知りたいと、直接本人に確かめる。

「なあ、さっきの話なんだけど、恵美さんが言ってたことって本当か？　おまえがその、王様の趣味を奪ったって」

「奪ったと言うと語弊があるけど、秦淳様のご趣味を台無しにしてしまったのは事実だよ。秦淳様にはもうお許しいただいているけど」

「台無しに？　どうゆうことだ」

蘭州が二人の話に参戦する。

「秦淳様は、王位に就かれる前は世界を旅していらっしゃったんだ。行った先々で見聞きした情報を地図に書き込むのを、ご趣味とされていたんだよ」

「でもおめぇが、それを台無しにする理由がわかんねえんだけど」

「あんた、まだ気づかないの？　さっき私が言ったとおり、こいつは感覚だけで方角がわかんの。おまけに世界中の地理を暗記してっから、そんな奴がそばにいたら方位磁石も地図もいらなくなるじゃない」

「世界中の地理を暗記だってェッ。マジでそんなことできんすか？」

「一般人には無理でしょうね。でもこいつはそれができる。まあ王様も、こいつの超人的な脳味噌《のうみそ》をいたく気に入って、こいつが知らない場所を見つけんのがご趣味になったみたいだけど」

「俺はそんなつもりはなかったんだけどなぁ。国王の秘書として必要だったから覚えたまでだし。守護者の立場としても、世界の地理を知っておかなくちゃいけなかったからね」

「守護者の立場か。俺も、そういうの覚えなきゃいけないのかな」

美由樹が独り言のように言った。蘭州からエッと声が上がる。

「どうゆうことだ。まさかおめぇも、真みたく守護者なのか？」

「あ、ああ。自然の守護者と神力の守護者の二つ」

「まさかあんた、二つの力なる者だったの？」

恵美からも驚きの声が上がった。蘭州が首を傾げる。

「二つの力なる者？」

「守護者の称号を二つ持つ者の総称よ。世界のバランスを保つため、守護者は通常、力を一つしか持てないの。でも二つの力なる者は、一人に世界規模の力が二つも宿ってる。出現率も、そもそも守護者自体がかなり低いのに、二つの力なる者はその一億分の一。人の一生ではお目にかかれないくらいの確率でしか、世に現れないのよ」

「へえ、俺様、全然知らなかった。詳しいんすね、恵美さん」

「当然よ。世界の常識なんだから。あんたたちもハンターなんだから、こんくらいのことは、誰に教わるでもなく覚えときなさい」

　恵美が胸を張って言った。蘭州が「はーい」と返事をする。

　美由樹も勉強になったので、彼女に礼を言おうとするが、その前に真に呼ばれ、彼へ歩み寄った。真が美由樹の耳に囁《ささや》く。

「美由樹、自身の力のことはあまり口外しないほうがいい」

「えッ。あ、どういうことだ。口外するなって」

「守護者は、恵美が説明したとおり、世界の人口の数パーセントしかいない。それでも守護者が持ち得ている力は強大で、言い換えれば守護者は、そう思えばいつだって世界を掌握できる。ましておまえは、そんな力を二つも身に宿している。力なき者にとって力ある者はなににも増して魅力的に映ることを、おまえも肝に銘じておくんだ」

「それってつまり、周りから命を狙われるってことか?」

「だから守護者は、自分からそのことを口外しない。口外すれば自身だけでなく、周りにいる家族や友人にも危害が及ぶし、力を奪われた際も、その力の加護を受けている世界そのものが崩壊する可能性がある。たとえ仲間内でも、どこから情報が漏れるかわからないからね。今回は大目に見るけど、次回からは気をつけたほうがいい」

「あ、うん。ご、ごめんなさい」

「謝らなくていいよ。おまえには、知るべきことがまだたくさんあるだけだから。力の使い方についても、守護者の力はあまり使わないほうがいい。いざというときにだけ使うようにしなさい」

「そうだよな。俺、今までそんなの考えたことがなかった。教えてくれてありがとう。今度からは気をつけるよ」

「どういたしまして。まあ俺も、城で守護者の力を使ってしまったから、人のことをとやかく言える立場じゃないんだけどな」

「でもあれは、敦史を無族にするためだったんだろ？　敵がたまたまそばにいただけで、おまえのせいじゃないよ。ところで、話変わるけど俺たち、いつまで歩くんだ。森の出口はまだ着かないのか？」

「いや、もう少しだと思うよ。ほら」

真が前方を指さした。美由樹たちのいる場所から少し先へ進んだところで木々が開けており、「あ、本当だ」と美由樹が呟く。

やっと出口に着いたことに、美由樹たちは息をついて、その先へ足を踏み出した。ところが、出口と思った先に広がっていたのは、またしても木々の茂る森だった。しかもこちらはピリピリ、バチバチと身の毛がよだつ印象を受け、稲妻の森と呼ばれているそうだ。美由樹と蘭州が挙って身震いする。そんな二人を、真は大丈夫だからと諭し、森の中へ入っていった。残された美由樹たちも、彼に次いで森に足を踏み入れる。

稲妻の森は実に暗い森だった。真っ暗まではいかないものの、前を歩く真の姿がぼんやりと見える程度で、美由樹は一瞬、彼を見失いそうになる。

暗闇でも輝く真の髪でなんとかついていけているが、再び彼を見失いかけたとき、美由樹は突然腕を引っ張られた。引っ張ったのは恵美で、なぜそんなことをするのか美由樹は理解できなかったが、直後にさっきまで彼がいた場所に一筋の光が落ちてきたのを見て、出かけた言葉を引っ込める。

「ちゃんと前見て歩きなさい。ここは雷が落ちてくんだから」

「えッ。あ、そうか。だから稲妻の森なんですね」

「大丈夫か、美由樹。怪我は？」

いつの間にか先へ行ってしまっていた真が、美由樹と恵美に駆け寄って言った。

「ここに入る前に言っておくべきだったね。この森に生える植物は電気を帯びる性質をしていて、それらから発せられる静電気でたまに雷が落ちてくるんだ。だから気をつけないと」

真の説明に、しかし彼がそれをし終える前に、少し先へ行ったところから蘭州の悲鳴が聞こえてきた。三人が急いで声のしたほうへ走り、真が魔法で周囲を明るくする。そばの木の枝に蘭州が縄で逆さまに吊《つ》るされており、それに驚くのも束の間、美由樹も縄で逆さ吊りに、真と恵美は足元に開いた穴に落ちてしまう。

突然の罠《わな》。仲間たちが一斉に罠にかかったことに、美由樹は不安を抱くが、目が暗闇に慣れ、自分たちのかかった罠があまりに簡素なのを見て、これらが敵の仕掛けたものではないことを悟る。森の至るところに同様の罠が仕掛けられていて、美由樹と蘭州は互いの顔を見合わせ、目をぱちくりさせた。

「おい。見ろよ、あれ」

不意に、誰のものでもない声が美由樹と蘭州の鼓膜を刺激した。二人の近くにある茂みが動き、それは円を描くように、自分たちの周りの茂みへと伝染する。そしてその奥から、さっきのものとは違う声が次々と聞こえてくる。

「あッ、地面に穴が空いてる。やりぃッ。俺たちの罠だ」

「木の罠は私たちのって、彼ら、私たちと同じ学校の人たちじゃないッ」

「ええッ。どうするの？　大姉《おおねえ》が来たら大変だよ」

「そういえばあの細っこいの、大姉と同じ生徒会役員だったような」

「それだけじゃないよ。隣にいる奴、大姉の部活の後輩」

「なんですってッ。もし彼らが大姉のお気に入りだとしたら」

「縁起でもないこと言うなよ。そうなればおまえたちの責任だぞ」

「卑怯《ひきょう》じゃないか。よく見なよ。あの罠は君たちの罠じゃないか」

「う、うるさいッ。これはこれで、あれはあれなんだ。俺は関係ないからな。文句ならヤスニイに言ってくれよ」

「そんなぁ。あんまりだよぉ」

声の主が哀れな様子で言った。しかしそう長くないうちに、声の主が突然ビクつき、言葉を切る。

「な、なんか今、超危険な空気が流れてこなかった？」

「う、うん。感じた。逃げる？」

「でも見つかるよ。トモニイとカナネエがいるから」

「アーア、あの二人が大姉の味方じゃなきゃ……い、今、遠くから扉の開く音が」

「てことはつまり、大姉が来るッ」

「早く逃げましょうよ。ここにいなければ安全だわ」

「バカッ。ヤスニイがちくったら、俺らはどこにいても危険なの」

「なら、知らないふりして戻ろうよ」

「それでも、仕事さぼったことを怒られるよ」

「アアもうッ、八方塞がり！」

「なら、なおさら早く逃げ……て、大姉だッ」

「ギャアアァッ、来たぁ！」

「どこでもいいから隠れろ。早くッ」

「お助けえぇ！」

　声たちが慌てふためいた様子で叫んだ。それきり声が聞こえなくなったので、美由樹と蘭州はまた顔を見合わせる。何事かと疑問を抱くが、彼らの疑問はそれからすぐに到来した嵐で納得に変わった。地響きを立てながら、何者かが森の奥からやってきたのである。

　奥から現れたのは一人の少女だった。十代後半で、左手にオタマを、右手に鍋を持ち、

エプロン姿のところを見ると、料理の最中に抜け出てきたらしい。鬼の面相で辺りを物色し、

「こらぁーッ、小童《こわっぱ》どもぉ！」

と、鍋をオタマで叩《たた》きながら吠《ほ》えた。誰からも返事がなく、声だけが闇雲に森に響く。

「どいつもこいつも。こちとら夕飯作りで忙しいのに、隠れんぼの鬼役とは泣かせるねぇ。ほら、一匹ゲット」

ブツブツと文句を言いながら、少女は手近の茂みに手を突っ込み、隠れていた者の襟首を摑んで放り投げた。放られた者が声を上げながら、真と恵美がいる穴のそばに落ちる。

「ほれ、もう一匹」

「ギャアッ」

「あいよ。もう一丁」

「ヒャアッ」

「あんたもかいな」

「キャアァッ」

このようなやり取りを聞くこと十分少々。それまで聞こえていた声が途切れ、美由樹は、隠れていた全員が見つけ出されたことを知る。穴のそばには人が山積みになっており、よく見るとそれらは自分たちよりも幼い少年少女だった。しかもその全員が、美由樹と蘭州には顔見知りというより、鈴街学校に通っていたころ、校舎内で見たことのある顔

で、二人は口をアの字に開けて固まる。

一方で、少年少女を一人で見つけ出した少女は、美由樹と蘭州が見ていることに気づく様子もなく、鍋とオタマを脇に挟み、横一列に正座させた少年少女に説教をし始める。

「まったく、あんたたちはホント使えない子たちだね。姉が弟妹を思って仕事を見つけてやってんのに、みんなしてさぼんだから」

「凜《りん》姉さんが悪いんだよ。無理に仕事を押しつけるから」

「お黙りッ。あんたたちのおふざけと比べたら、こっちは超忙しいの。それになんだい。地面には穴が空いてるわ、人が木に吊るされて」

そこまで言って、凜の口が止まった。弟妹たちが固く目を瞑る。彼らは知っていたのだ。このあとなにが起こるのかを。

「キャアアァッ。ま、どうして。まさか、これ全部この子たちが」

「ね、姉ちゃん、これは」

「言い訳無用ッ。今すぐ彼らを助けなさい。わかったなら早くせい！」

凜の怒りが爆発した。弟妹たちは飛び退き、大慌てで美由樹たちの救出に向かう。なんだかんだとやってはやらされて、少女の怒りが爆発してから五分後に、美由樹と蘭州は足が地に着き、真と恵美は穴から引き上げられた。凜がさらに目を丸くする。

「なんてことッ。まさか守護者様まで罠にかかってただなんて。罰として夕飯は抜きとします！」

「そんなぁッ。あんまりだよぉ」

弟妹たちから抗議の声が上がった。凛は「黙らっしゃいッ」とそれを一蹴すると、平身低頭で美由樹たちに謝る。姉には逆らえないのか、弟妹たちも頭を下げ、ごめんなさいと謝罪した。

「顔を上げてくれ。俺たちは大丈夫だから。それより、俺たちはおまえたちに会いに来たんだ。おまえたちが無事でよかった」

「それならそうと早くおっしゃってくださいな。どうぞ私どもの家へおいでください。ちょうど夕食を作ってたとこなので、ご一緒にどうです。ほら、あんたたち。守護者様方をうちへ案内しなさい」

「オオネエちゃん、ゴハンは？」

「ホントは罰したかったけど、今日はお客様に免じて取り消します。お客様方に感謝なさい」

末子と思われる幼女から聞かれた凛は、一度ため息をついて、森の奥へ姿を消していった。彼女から許しが出たことに、弟妹たちは飛び跳ねながら、森の奥にあるという自宅へ美由樹たちを案内する。

彼らの家は横に長いログハウスだった。屋根の上には手作りの風見鶏が、玄関に続く階段の脇には、これもまた手作りのブランコが設置されている。階段へ続く砂利道を挟んで両側には、たくさんの野菜が育つ畑と井戸があり、美由樹は自給自足の生活だなぁと思いながら、仲間たちとともに、弟妹たちに続いて家の中へ入る。

室内はとても温かかった。入ってすぐ目の前に、床が一段下がったリビングがあり、奥には大きな窓と薪ストーブがある。右を見ても左を見ても、長い廊下が先まで続いていて、それに沿って扉がいくつも立ち並んでいた。自宅というより、どこぞのペンションと評したほうが正しい室内を見て、美由樹と蘭州は歓声を上げる。

しかし二人を驚かせたのはそれだけではなかった。右の廊下の中ほどにあるダイニングまで案内されたとき、そこに巨大丸太を縦に半分に切ったテーブルと、子供サイズの椅子《いす》が数十個置かれているのを見て、二人は目と口をOの字にする。ダイニングの奥には厨房並みのキッチンがあり、そこでは凛と、さっきの騒動に同席していなかった少年が一人、少女が一人いて、美由樹たちを含めた全員が着席すると、皆の前に、湯気の立ったカレーライスを配り、自分たちも席に着く。

「今日はお客様も一緒だからね。冷めないうちにお食べ」

凛が号令をかけた。いただきますと、全員の声が揃い、皆一斉にカレーライスを食べ始める。

「うまい！　こんな野菜たっぷりのカレー、初めて食べました」

美由樹が感動のあまり言った。凛が笑みを零す。

「ジャンジャン食べてね。お代わりはたくさんあっから」

「ありがとうございます。ところで荒崎《あらさき》先輩、質問があるんですが」

「やーねぇ、先輩だなんて。ここは生徒会じゃあるまいし。堅苦しいことなしに、もっと気楽に話しかけていいのよ」

「そんなのできるわけねえっすよ。先輩は先輩なんだから。バスケ部の男女混合試合以来、まったく変わってねえ」

「それはあんたもでしょう、海林君。こんなご時世になっても、あんたの元気溌剌《はつらつ》っぷりは変わんない。それ見てこっちも安心するわ。で、佐藤君はなにを聞きたいって？」

「大したことじゃないんですけど、先輩って何人家族なんですか？　なんか、次から次へと弟妹が出てくるんですけど」

「それなら私も含め十四人よ。女六人に男八人。学年で言えば高校寮が二人、中学寮が二人、小学寮が十人で、亡くなった両親と、行方不明の私の双子の兄を加えたら全部で十六人ってとこかしらね」

「だからみんな、学校で顔を見たことがあるんですね。それからもう一つ。先輩は真と知り合いみたいですけど、どこで知り合ったんですか。真を光の守護者だと知ってるのはどうして？」

「それは俺が説明するよ。凜を始め、ここにいる全員がハンターの資格を持っているんだ。ハンターを正式に名乗れるのは高校生以上で、この場では凜と弟の友介《ともすけ》だけだけど、二人の任命式を城でやったときに知り合って以来、個人的に連絡を取り合っていたんだよ。まあ荒崎家は、ハンターを先祖代々の生業にしているから、家族ぐるみのつき合いと言ったほうが正しいかもしれないね」

　真が凜に代わって言った。蘭州が感心して声を上げる。

「やっぱ先輩ってすげえ。生徒会やって、部活の副部長もやって、そんでハンターもやってんだなんて」

「あんたたちに比べりゃまだまだだよ。なんせあんたたちは、中学生なのに正式にハンターを名乗れんだからね。ところで守護者様。私どもをお尋ねになったのは、城へ連絡したいということでしょうか？」

「さすがは凜、話が早いね。あとこれはできればの話で、俺たちを匿《かくま》ってくれないかな。おまえたちも知ってのとおり、世界のあちらこちらで今、敵襲が起きていて、つい先日には城でもそれが起きた。敵の狙いは俺だろうから、こんなお願いをすればおまえたちに迷惑をかけてしまうかもしれない。だから、駄目なら駄目と言って欲しい」

「そんなッ。守護者様を追い出すなんて、ハンターの一人としてどんなことがあろうとお守りいたします。あんたたちも、荒崎家の威信に懸《か》けて守護者様たちを全力でお守りすんのよ。いいわね？」

　凜が弟妹たちに聞いた。弟妹たちの目が変わり、オオッと声を揃えて答える。これぞハンター一家と言わんばかりの団結力に、驚く美由樹と蘭州、恵美の一方で、真は微笑み、礼を言った。

　その後、夕食を食べ終えた美由樹たちは、片づけを手伝うためにダイニングに残った。

美由樹と蘭州が皿をキッチンへ運び、恵美がそれを受け取って、凜の妹、奏絵《かなえ》とそれを洗う。真はその間、凜が持ってきた通信機を使って、光の宮殿への連絡を試みた。

「……駄目だ。繋《つな》がらない」

真が落胆するように言った。美由樹が手を止めて彼を振り向く。

「城に連絡を入れられないのか？」

「こっちからはきちんと信号を発信できているから、機械的な問題ではないと思うんだけど。こっちからいくら信号を送っても受信エラーを繰り返すだけで、城にメッセージを届けられないんだ」

「そういえば樹霜が言ってたな。敵が妨害電波を出してて、電波を逆探知する装置で居場所が特定できるって。それ大丈夫なのか？」

「問題ないわ。我が家の通信機は電波を出さない機種で、通信機についてる針でコードを打ち込めば、受信機に内蔵されてる紙にそれが勝手に印字される仕組みなの」

凜が美由樹の問いに答えた。

「でも変ね。通信機の針を動かしさえすれば、受信機は勝手に起動し、メッセージを届けられるはず。それでもエラーを繰り返すってことは、受信機が壊れたか、または城が敵の手に堕ちたか」

「城が堕ちたんすか!?」

キッチンから出てきた蘭州が叫んだ。美由樹が慌てて否定する。

「違うよ。受信エラーのメッセージが繰り返されるから、受信機が壊れたか、城が敵の手に堕ちたんじゃないかと言ったんだ。可能性の話だから、まだそうと決まったわけじゃないよ」

「そうだったのか。すまねえ、美由樹。俺様、早とちりしたぜ」

「でも蘭州がそう思うのも無理ないわね。城へ攻めてきたあの男。今までの敵と段違いで、ドラゴン一匹を連れてきた程度で私たちを追い詰めた。頭もかなり切れそうだったし、でなきゃハンターの支部がこうもあっさり制圧されるなんてこと、あるはずないもの」

「俺も、あいつはどこか戦略家のような気がしました。たしか名前は赤羽太夫とかなんとかって」

　恵美の言葉に美由樹が頷いた。直後になにかが割れる音が鳴り響き、振り向くと凛の弟が一人、驚愕した様子で立っていた。足元にはガラスのコップが割れており、さっきの音は彼がコップを落としたときのものだったらしい。

「弥助《やすけ》ッ。……もう、なにやってんのよ」

　凛が慌てて弥助に駆け寄った。弥助は、ごめんなさいと言って、割れたコップの破片を拾う。近くにいた真がそれを手伝った。

「ありがとう、真。手伝ってくれて」

「大したことじゃないさ。それより怪我は？　大丈夫かい？」

真が優しく尋ねた。弥助は無言で頷くが、急に顔を俯かせ、片づけをそのままに自室へ走っていってしまう。凛が弥助の名を呼んだ。

「弥助ったらなにやってんのよ。守護者様に片づけを押しつけるなんて。申し訳ございません。あとは私のほうでやりますから」

「こっちは別に構わないよ。それより弥助は大丈夫かい？　急に塞ぎ込んだみたいだったけど」

「そ、それは……やっぱり隠しとくのは駄目よね。だって私たち、ハンターなんだから。守護者様、お話ししときたいことがあります。城を襲ったというその赤羽太夫さんは、我が家の常連客です」

「なんですってッ。あいつがここの常連？」

キッチンから出てきた恵美が驚いて聞き返した。奏絵が、時同じくしてキッチンから出て言う。

「今から二年前に、この森に迷い人が出て、魔物用の罠にかかったのを助けたことがあるんです。その迷い人が太夫さんで、それからは菓子折持参でよく来るようになりました。畑仕事や家事、弟妹たちの世話とか勉強を見てくれたりして、弟妹たちはすっかり太夫さんに懐いて。中でもはしゃいだのが、我が家の三男、弥助でした」

「実は、太夫さんがかかった罠を仕掛けたのは弥助なんです。そして彼を罠の中で見つけ、助けたのも弥助でした。その縁もあって、太夫さんは殊に弥助と仲がよくて。弥助自身も太夫さんにベタ惚れで、太夫さんをとても尊敬してるんです」

凜が奏絵の話を引き継ぐ。

「そうだったのか。だからさっきコップを落としてしまったんだね」

「私も、正直言ってとても混乱してます。太夫さんがそんなことをするなんて。私ですらこんなに混乱してるのに、弟妹たちに言えばもっと混乱させてしまうと思って黙ってたんです。ハンターの義務である報告を怠り、申し訳ございませんでした」

「顔を上げてくれ。それより、素直に話してくれてありがとう。こちらの話が、かえっておまえたちを混乱させてしまってごめんな」

頭を下げる凜に真が歩み寄って言った。凜が顔を上げる。

「でも、先輩たちにゃ悪《わり》いっすけど、あいつはホント悪って感じがしました。城壁を壊すわ、真を殺そうとするわで。な？　美由樹」

「そうだな、蘭州。口では捕まえに来たとか言ってたのに。そういえば真。おまえがあいつに捕まったとき、あいつ、おまえを捕まえる以外になにか目的があるとか言ってなかったか？」

「それはたぶん、俺が持っているもののことだよ。あれも狙われた以上、おまえたちにもきちんと伝えておこう。みんな、少し離れていてくれないか。凜、テーブルを借りてもいいかい？」

真がテーブルを指さした。凜が頷くと、真がテーブルの脇に立つ。皆は不安と興奮が入り交じった目で、部屋の隅へ移動し、それを見届けた真は、静かに目を閉じて意識を集中させる。

真の体から淡い光が発せられる。美由樹は、このとき彼の額に、なにやら紋章のような印が浮かび上がるのを見るが、それも束の間、光が急激に威力を増して視界を奪ったので、ウッと声を漏らして顔を逸らした。光はすぐに収まるが、光の残像が瞳から消えたとき、一同からアッと声が上がる。テーブルの上に、獅子の顔が柄に彫られた剣が載っているではないか。

驚きを隠せない一同。そんな中で奏絵が、

「ロゴムズアーク!?」

と誰よりも仰天する。「ロゴマズ?」と蘭州が聞き返した。

「ロゴムズアークよ。一振りで何万もの敵を倒し、一振りで一国一城を守り抜いた伝説の刀剣」

「伝説？　それが?」

さっきの眩しさをキッチンに避難し回避した恵美が、カーテン越しにこちらを覗きながら言った。

「私たちの父はハンターの探索部にいたんですけど、父のメモによるとロゴムズアークは、所有者の王様が亡くなると、王様と一緒のお墓に埋葬されたらしいんです。でも墓荒らしに盗まれてしまって。まさかその剣がここにあって、真さんがそれを持ってるなんて」

「驚かせるつもりはなかったんだけどね。代わりに説明してくれてありがとう。おかげでこっちの説明が省けたよ」

言いつつ真は、再び目を瞑り、体を光らせた。剣の輪郭がぼやけ、見る見るうちに全体が霞み、スッと音を立てて消える。一同が目をぱちくりする一方で、真が静かに目を開いた。

「この剣には強大な光の力が備わっている。あまりにそれが強すぎるから、所有者は身を焼かれ次々と絶命した。俺がこれを持っているのは、俺が光の守護者として、これより勝る光の力を身に宿していたため。これを封印することこそ、俺が守護者としてやらなければならない責務なんだ。俺が持っている間は、この剣がその力を発揮することはないけど、やはり特殊な剣だから、俺も緊急時しかこれを出さないようにしているんだ。それにこれは」

そこまで言って、真は急に口を噤んだ。美由樹が首を傾げる。

「あ、いや、なんでもない。とにかく、この剣の力は強すぎるから、俺が抑えないといけなくなったわけだ。だからおまえたちに頼みがある。今、俺がこの剣を出したことは秘密にしておいて欲しい。お願いできるかい？」

「当たり前《めえ》だぜ。俺様、絶対《ぜってえ》に誰にもゆわねえから安心しな」

「いや、そう言うあんたが真っ先に漏らしそうなんだけど」

「恵美さんの言うとおりかも。でも真、俺も約束するよ。なにかあれば俺たちも手を貸すから、なんでも言ってくれ」

「ありがとう、美由樹。凜たちも、負担をかけてしまって申し訳ないけど、これも守護者として世界を守るため。みんなのためなんだ」

第四章　決断

「驚いたぜ。まさか真が幻の剣を持ってるなんてな」

消灯時間となり、弥助の部屋で寝ることになった蘭州が、美由樹と弥助と布団を敷きながら言った。美由樹が小声で注意する。

「おい。その話は秘密にするって、真と約束したばっかじゃないか。もう破るのか？」

「悪《わり》い。俺様も破る気はねぇけど、あれって前におめぇが敦史を倒すのに使ったもんだよな。あんときそれが超すげぇ感じしたかって話をしようと思ったんだけど、これもエヌジーになんのかな」

「あ、それなら大丈夫だと思う。俺も正直驚いてるんだ。ただあのときは命懸けだったから、気配とか力とか気づかなかったのかも」

「そうだよな。俺様も、あんときの記憶はあやふやだし。そういや弥助。おめぇはホントに大丈夫なのか？　みんな心配してたぜ」

「うん……ねえ。二人も、城が敵に襲われたとき現場にいたんだよね。敵のほうにいた人は、やっぱり赤羽太夫って人だったの？　同姓同名の別人ってことはない？」

「同姓同名まではわからないけど、あいつの名前が赤羽太夫ってことは間違いないよ。その人の知り合いが教えてくれたから」

「そっか。そこでもおじさんが」

「弥助……先輩から聞いた。おまえが、その人をすごく尊敬してるって。そんな人がどうして酷いことをするのかわからないけど、おまえの言うとおり別人かもしれない。だからそう落ち込むなって」

「ありがとう。でも僕には引っかかることがあって。二日前に、僕の彼女が襲われてるんだ。おじさんとよく似た男の人に」

「彼女が襲われた!?」

　驚いた蘭州が聞き返した。弥助が慌てて口に指を当て注意する。

「悪《わり》い悪《わり》い。でも、どうして襲われたんだ。真みてぇに特別な力でも持ってんのか?」

「僕も詳しくは知らないんだけど、彼女も真に似た力を持ってるらしくて。周りから時使いと呼ばれてるんだ」

「時使い?」

「守護者ほどじゃないけど、守護者みたく全世界に影響を与えるほど、すごい力を持つ人を『使い』というんだって。彼女の場合は、力の根源が『時間』にあるから時使い。生物の時間を操る竪琴《たてごと》を持ってて、彼女がそれに触れると、竪琴から時の旋律みたいなのが流れ始め、生物が刻む時のリズムを正しいリズムに戻せるんだ」

「てことは、おまえの彼女がひとたび望めば、人一人の時間を意のままに操れるってことか?」

「だから自分は狙われたんだと彼女が言ってたけど、彼女を襲ったのも赤羽太夫って人で。僕も二年後には正式なハンターになるのに、おじさんのことになると気持ちが揺らいで。そのせいで彼女と喧嘩《けんか》して、彼女が暗号の書かれた紙を残してどっか行っちゃったんだ」

言いつつ弥助は、扉脇の机にある木箱から、何重にも畳まれた紙を取り出し、美由樹たちにそれを見せた。蘭州が内容を読み上げる。

「**《オーケーアイムワンムイ》**。って、なんじゃこりゃ。オーケーは文字どおりで、アイムは『自分は』という意味だったよな。で、ワンは数字の1」

「僕もそこまではわかるんだけど、最後のムイがわからなくて。僕たちが普段使ってるサラ語にそんな言葉はないし」

「つうことはサラ語以外の言葉、光語《ライトご》とか闇語《ダークセイド》ってことになんのか。でも、最後の部分だけサラ語じゃねえ語が来るってあり？」

「普通はないよな、蘭州。もしかしたらこれは時間を操るときに使う言葉かもしれない。これを書いたのは時使いだし、サラ語に似てて実は別の意味を持ってるとか。そのへんは弥助、おまえ知ってる？」

「ごめん、美由樹。僕が知ってるのは彼女が時使いってことだけで、時使いが使う言葉とかまったく知らないんだ」

「そっか。それならしょうがねえか。ところでこれ、俺様たち以外にも誰か見せたか？」

蘭州が聞いた。弥助が首を横に振る。

「君たちが初めてだよ。姉さんにも見せようと思ったけど、僕と彼女が喧嘩したことを知られたくなくて、ずっと隠してたんだ」

「そうだよな。なあ、ここは相談だけど、真に見せてみたらどうだ」

「え、真に？」

「それはいいかもしれないな。真は物知りだし、もしかしたらこの謎《なぞ》が解けるかもしれない。弥助が自分で解きたいなら別にいいけど」

「ありがとう、美由樹、蘭州。でもやめとくよ。なんか今は、まだこのことを誰にも言わないほうがいい気がするから。君たちにはもうしゃべっちゃったけど、僕のほうでもう少し考えてみる」

「わかった。おまえが言うなら、俺たちはなにもしないよ」

「ありがとう。って、あれ。もう夜中の一時だ。姉さんに見つかれば朝飯抜きになるから、早く寝よう。電気消すよ」

　弥助が、紙を机の木箱に戻してから、部屋の明かりを消した。しばらくして蘭州が夢の世界へ旅立ち、弥助も旅立っていく。両側から聞こえてくる、子守歌のような鼾《いびき》を聞きながら、美由樹も目を閉じ、眠りに就いた。

　悲しげな月が自分たちのいる家を見つめている。外はまだ暗かったが、朝が近づいているのは確かで、そのようなときに美由樹はふと目が覚めた。同室の二人はまだ寝ており、彼は静かに布団から抜け出すと退室する。

家が森の中に建っているとあって、廊下はとてもひんやりした。せっかく早起きしたので、外の空気でも吸いに行こうかと、美由樹は玄関扉を開いて外へ出ようとする。

途端にその手が止まった。外から人の気配がして、美由樹は引っ込めた手を再び伸ばし、扉をわずかに開け、隙間から外を窺《うかが》う。玄関脇のブランコに誰かが座っており、よく見るとそれは恵美だった。顔を俯かせ、口を真一文字に固めている。ブランコから右に視線を移すと、真が玄関扉へ続く階段に腰を下ろしていた。

このような早朝になぜ二人は起きているのか。互いに視線を合わせず、無言で別方向を向く二人に、美由樹は、彼らの様子が普段と異なるのに気づいて、その場で息を潜める。直後に恵美から声が上がった。ハッとする美由樹。恵美の目から涙が零れていたのだ。

「バカ……どうして、今さらそんなことを」

恵美が嗚咽《おえつ》混じりに言った。しばらくして真が、ごめんと呟く。

「ごめんって……ねえ、どうしてなの。あんたはなんも」

「謝っても許してくれないのはわかっている。俺は、おまえの家族を見殺しにしてしまったのだから」

美由樹の口からエッと声が漏れる。慌てて口を塞ぎ、外の様子を窺うが、二人は気づかなかったようで、さっきと変わらず暗く、悲しげな表情をしていた。

「だから、それがバカと言ってんでしょ。私は別にそれで」

「そのつけがこうして回ってきた。敵は、おまえを取り戻そうとしている」

「嫌なのよ、私。自分の運命が。姫って理由で、どうして親族のおじ様と結婚しなきゃならないの。おじ様は私の力が欲しいだけなのよ。闇の守護者として、我が血統の中で最もその力が強く出た私を、単に手元に置いときたいだけで、私は自由に生きてたいの。私の力を使って悪行を繰り返してたお父様をただしに、あんたたちが城へ来たとき、お父様たちの首を討つついでに、私の首も討ってくれたらよかったのよ。でもあんたは、捕虜として森に連れて帰ると言って、私を助けた」

「そうだったな。一緒に攻めた人たちには反対されたけど」

「初めは侮辱された気分だった。でも森で暮らしてわかったの。あそここそ、私が求めてた暮らしだと。闇の后になるなんて絶対に嫌。だから真、お願い。私を守って。おじ様から守ってよ」

ブランコから立ち上がった恵美が、時同じくして階段から離れ、砂利道に移動した真の前に立ち、涙ぐみながら言った。

「恵美……たしかに俺は、おまえを守る義務がある。でも、おまえの幸せのためなら向こうにいるほうが」

「森にいさせてッ。あそこでみんなと暮らすことこそ、私の幸せなの。私をおじ様の后になんかさせないで。お願いよ、真。お願い」

言いつつも恵美は、真の胸に飛び込み、声を上げながら泣いた。真はその手で彼女を慰めようとしたが、一瞬それをためらい、しかしすぐに彼女を抱き締める。それでも彼女の涙は止まらなかった。

　盗み見していた美由樹は、恵美の涙を見てそっと扉を閉めた。彼女の正体を知り、彼女が、自分のよく知る彼女になるまでの経緯に心打たれたからかもしれない。朝焼けに染まる雲から、彼女の涙のように雨が降り出し、抱き合う二人の溝を埋めていく。虹が傘のように現れ、それが消えるまで彼女はずっと泣いていたかもしれない。

　日が昇る。皆が目覚めたときには、雨はやんで虹も消えていた。恵美は、泣いていたことを隠すように、やたらとあくびをして眠たさを装う。そんな彼女を見て真は心配するも、そこまで深くは心配せず、遠目から見守る程度に留めた。

　そして二人は、今後について凛の部屋で話し合うことになった。正式なハンターである凛と友介がそれに同席し、一方でこちらも正式のはずの美由樹と蘭州は同席を許されず、蚊帳《かや》の外に置かれた。機密情報でも話すつもりか、それならば自分たちの同席もあってよいと思うが、美由樹と蘭州は文句を言わずにそれに従う。二人には会議よりも優先したいことがあり、それは弥助がもらった例の暗号を解読することだった。

　二人は、暗号を弥助の弟妹たちに見せることにした。弥助には反対されたが、二人は大丈夫と押し通し、弟妹たちをリビングに集めて、それを見せる。もちろん弥助がそれをガールフレンドからもらい受けた経緯は伏せ、暗号好きの友達から送られてきたという体《てい》で相談をする。弟妹たちは皆、真剣に暗号解読に挑んだ。その中で暗号の「ムイ」という言葉が、地球のとある国の言葉で『とても』という意味だと判明する。そこからさらに思考を重ね、暗号がアナグラムである説が浮上するが、変換に手こずり、結局それ以上の進展は見込めなかった。

難儀する一同。そんなとき、暗号解読に飽きて、オモチャで遊び始めた末子の幼女が、頭を抱える兄姉たちに向かって言う。

「ねえ、ヤスニイ。マコニイにきいてみたら？」

「えッ」

「あ、そうよ。近くにいい人がいたじゃない」

「大姉に比べれば、真兄さんのほうが優しく教えてくれそうだし。な？　一度聞いて」

「もういいよッ」

弟が言い終わらないうちに、弥助が突然声を張り上げて、立ち上がった。皆がビクつき、一斉に彼を見る。

「すぐにそうして他人の力に頼って。みんなに聞けば答えがわかるかもと、一瞬でも思った僕が間違ってた。彼女のことはもう諦める。こんな暗号、もうどうだっていい」

言うと弥助は、暗号の書かれた紙をビリビリと破り捨てた。弟妹たちからアアッと声が上がる。慌てて紙を拾い、繋ぎ合わせるが、その様子を弥助は鼻息立てて突っぱねると、家の外へ出ていってしまった。妹の一人が弥助の名を呼ぶ。

「弥助兄さんったら、どうしてあんなにピリピリしてるの？」

「さあ。なんか知んねえけど、今朝からああなんだよ」

蘭州が首を傾げた。

「やっぱり、昨日のことが気になってるのね」

「え。どういう意味だ、奏絵」

「佐藤君にも話したでしょ。弥助が太夫さんを慕ってるって。大好きなおじさんと真さん。どっちも信じたいけど、弥助は、誰かを裏切ることができない性格だから、信じる者が対立すれば今のように迷ってしまう。どっちにつけばいいか、もうわかってるはずなのに」

奏絵がため息をついた。美由樹と蘭州は、弥助の人のよさがかえって彼を苦しめているのだと知り、なんともやるせない思いがして、開放されたままの玄関扉を無言で見る。

その後、リビングは水を打ったように静かになった。オモチャで遊んでいた末子も遊ぶ気をなくし、奏絵の膝の上で項垂《うなだ》れる。今まで兄弟喧嘩は多々あったそうだが、それでもさっきの弥助の態度は皆に衝撃を与えた。おかげでその状態は、会議を途中退席した友介がリビングに立ち寄るまで続く。

友介は、美由樹たちが無言でソファに座っているのを見て驚いたが、庭の畑から野菜を収穫するよう姉の言伝を彼らに伝える。弟妹たちが野菜を採りに出掛け、美由樹と蘭州も彼らを手伝った。作業をしていくうちに、彼らは明るさを取り戻すが、問題の三男坊は、どこにいるのか姿を見せなかった。捜したいが、それをすればかえって彼を問い詰め、今以上に機嫌を損ねてしまわないか。やはりこれは彼自身の問題かと、美由樹は自問自答の末にそう思って、彼が自主的に戻ってくるのを待つことにした。

そう思ったのは美由樹だけではなかった。弥助の弟妹たちや、昼食時に事情を知った凜も同じ気持ちを抱いた。いつかは腹が減って戻ってくるだろうと凜は言ったが、皆の心配をよそに弥助は一向に帰ってくる様子を見せなかった。堪えかねた蘭州が捜しに行こうとするも、友介に止められ、彼らは弥助抜きで夕食を取る。

それほど皆に心配をかけた弥助が姿を現したのは、皆が風呂を済ませ、寝に入る前のことだった。彼には一種の賭けだったらしく、危うく右腕を切断するほどの大事件を起こしてしまう。

そう、弥助は、ロゴムズアークを盗み出そうとしたのである。昨晩の美由樹と蘭州の話を聞いていた彼は、それを持って赤羽太夫のところへ行こうとした。真が剣を出したとき、弥助も実は部屋の陰からそれを見ていたので、剣を持っていけば太夫が敵側についた理由や、ガールフレンドを襲い、町や城をも襲撃し、真を殺そうとしたわけを教えてくれると考えた。真が風呂に入っている隙に、彼が寝泊まりしている友介の部屋に忍び込み、布団の中にあったロゴムズアークを抱え、外に持ち去る。

ところがそこで、弥助に予期せぬ事態が起きた。剣が高温の熱を発したのだ。真が剣を出すところまでは見ていたが、その後の剣に対する説明を聞き漏らしていた弥助は、あまりの熱さに悲鳴を上げ、剣をその場に落とした。その現場を、なんと運がよいのか真が目撃しており、慌てて外へ飛び出すと、赤く燃えた剣に、持っていたバスタオルを被せる。

駆けつけてきた凜や友介、奏絵に弥助の手当てを頼むと、剣を遠くへ運び出した。皆に遅れて美由樹と蘭州、恵美の三人が駆けつけたころには、弥助はリビングのソファに寝かされ、凜が弟妹にきびきびと指示を出していた。痛みに顔を顰《しか》める弥助の右腕は真っ黒に焼け焦げており、それを見て美由樹は、彼が感じた熱さと、剣の恐ろしさを知る。

　弥助の火傷《やけど》は、幸いにも軽傷で済んだ。早期発見と、彼が素早く剣を落としたことが、それ以上の被害を防いだらしい。弥助はその後、水を湛えた桶《おけ》に腕を突っ込んだ状態で、凜にこっぴどく叱られた。彼女の部屋はダイニングの隣にあり、その怒号は長い廊下に反響して家中に響き渡る。弟妹たちが各々の部屋から顔を覗かせる中、それは一時間が過ぎても終わらず、二時間経ってもまだ続いていた。

　今夜は眠れない夜になるのだろう。誰もがそう思い、布団を頭から被るが、むしろそれが子守唄となり、弥助の弟妹たちも蘭州も恵美も、あっと言う間に寝入ってしまった。

　一方で美由樹は、想定内か、眠ることができずにいた。

　それにはわけがあった。凜の説教する声の裏に隠れて、別の声が聞こえてきたのだ。声は屋外から聞こえて、美由樹は部屋を抜け出すと家の外へ出た。

　声の主は真だった。美由樹は、真が昨晩のように恵美と秘密の話をしているのかと思ったが、そこでふと恵美がすでに就寝していることを思い出す。そうなれば彼は、一体誰と話をしているのか。心臓の高鳴りに美由樹は精一杯息を殺して、声のする家の裏手へ、物陰に潜みつつ回る。そこでは真が一方向を見ながら立っていた。目つきが妙に鋭く、足元にはバスタオルが一枚落ちている。首を傾げる美由樹。バスタオルの中にあるはずの剣が見当たらないのだ。

「正直にお答えください。なぜ外に出ていらっしゃるのですか」

真が、睨みつける先に向かって言った。彼の視線の先を見た美由樹は、危うく声を上げそうになる。そこにはロゴムズアークが、星の引力に関係なく宙に浮いているではないか。

しかも剣は、あろうことか真の質問に対し、

〃答えて何の意味が有る〃

と返答をする。目を丸くする美由樹の一方で真は、彼のように驚くことはせず、むしろさらに睨みをきつくする。

「大いにありますとも。あなたは、私が席を外した隙に勝手に出られ、私の仲間を傷つけたのですから」

〃然うだったか？　吾《われ》は勝手に外へ出た覚えは無いが〃

「惚《とぼ》けないでください。あなたが前々から私を毛嫌いしているのは存じておりましたが、だからって仲間に傷を負わせるなんてことは、どんなに私を嫌う者でも絶対にいたしません」

〃他は他、吾は吾だ。他者と比べられては困る〃

「困るのはこちらですッ。あなたを守るために、私はあなたを我が中に取り入れ、匿って

いるのに。神の領域に住まう者なら、あなたのような存在が下界にいるだけで、世界にどれほど影響が出るかご存じのはずです。いい加減にお察しください」

〝貴様に云われるまでも無い。偶《たま》の息抜きの最中、あの少年に持ち去られそうに為り、火を纏《まと》ったままで。あれでも加減はしたのだ。あのような傷、一日も有れば治る〟

「あなた方と私たちとでは体の構造が違うのです。あなたが勝手な行動をされるだけで、あの人は着実にあなたへ近づきます。封印されるか、自由の利かない支配に陥るか、どちらがよろしいのですか。封印されるのが怖いとお思いになるのは理解できますが、いつまでも亡霊でいることは危険すぎます。ましてや弥助に、自らを持ち出すよう暗示をかけていたことをゼウス様がお知りになったらどうなるか。あなたはご自分の運命を理解していらっしゃらないのです」

〝貴様の話に百歩譲って、少年の心に闇を見つけ、其れを取り除かんと剣の力を使った事は認めよう。然れど少年の心は尚闇に満ちて仕舞った。吾が少年を操ったとする貴様の推論は誤解だ〟

「弥助にかけられていた呪文は太古のものでした。そのような呪文を知り得ているのは、この場ではあなただけです。私があなたを外へ出したあの一瞬に、あなたは弥助に呪文をかけ、自身を持ち去るよう仕向けたが、その現場を私に見られ、咄嗟《とっさ》に熱くなって弥助の手から離れた。生前は、敵に幽閉された王をこの剣で救出した功績をお持ちのあなたが、死した今、なぜそのような酷いことをなさるのか、私には理解しかねます」

〝フン。甘く見られたものだな。良いか、守護者よ。吾は、己がカの保持の為なら犠牲が出ても構わぬ。吾を利用する者にも容赦はすまい。況《ま》して立場が下の貴様に、あれや此やと指図される筋合いは無い。吾が前に楯突く者有らば、吾は其の者を斬うするまでだ〟

言い終えるやロゴムズアークは、紫電一閃と光る。途端に真が、胸を押さえて苦しみだし、地面に膝を突いた。驚いた美由樹が、真の名を叫んで彼に駆け寄る。

〝ほう。あの時の少年か。あれから随分とカが付いたと見る〟

「くッ。あなたは、美由樹には、勝てない。どんなことがあっても」

〝大して丈夫でも無い癖に。若し今後、吾に対して其のような態度を取るならば、吾は貴様に呪《じゅ》を掛ける。一生解けぬ呪《じゅ》を掛けられたく無くば、吾に逆らうな。其の苦しみ、忘れる勿《なか》れ〟

ロゴムズアークがまた光った。美由樹と真が光に怯んだ隙に、剣の姿がどこからも消えてなくなる。美由樹は慌てて辺りを見渡し、気配を辿《たど》ったが、ロゴムズアークの気配は完全に断ち切れていて、追おうにも追うことができなかった。

疑惑を深める美由樹。真に視線を向けるも、彼はまだ胸を押さえたまま、息を整えるので精一杯といった様子だった。真は、美由樹が質問攻めしたくて堪らない目で見てくることに気づくと、大きく息を吸って呼吸を整え、バスタオルを拾い、無言で立ち上がる。彼らのいる場所は、避雷針のおかげで雷は落ちてこないものの、雨は防ぎようがなかった。彼スコールのようにそれは唐突に降りだし、一気に雨脚が強くなる。二人は急いで屋内に戻るも、全身が濡れてしまったので、再び風呂へ入ることにした。

風呂場でも真は黙っていた。湯船に浸かりつつも、さっきのことが頭から離れなかった美由樹は、髪を洗う真に話しかける。

「なあ、真」

「…………」

「うッ。あ、その、聞いてもいい？」

「…………」

「えっと……ご、ごめん。俺、先輩とは違う話し声が聞こえたから気になって。俺が悪いんだ。盗み聞きはよくないとわかってたのに。本当にごめんッ」

美由樹は謝った。しかし真は無言の体を崩そうとせず、むしろ背から伝わる空気が余計に重くなる。美由樹の心が深く沈み込んだ。

なんてことをしたのか。美由樹が内心で嘆き、自身の行動を猛省していると、真から呼びかけられた。あまりにそれが唐突だったので、美由樹はビクつき、はいッと答える。真が目を丸くした。

「なんだい。急に改まって。敬語は使わなくていいと前に約束したじゃないか」

「え。あ、そ、そうだっけ」

「ごめん。急に敬語を使ってきたから驚いたんだ。いつもの美由樹でいていいんだよ。不安な顔をしないでくれ」

「でもおまえ、あれからずっと無言だし、怖そうな顔してたし」

「俺が？　ハハッ。ごめん、ごめん。ちょっと考えごとをしていたんだ。盗み聞きされていたことも気にしていないし、おまえがあのとき駆けつけてくれて助かったよ。ありがとう」

「礼を言われるほどじゃ。それより、おまえがさっき話してたのって……あ、別に、無理して答えなくていいよ。そこまでして俺が聞くものじゃないだろうし」

　美由樹の声が小さくなる。真が、湯船に入りながら微笑んだ。

「彼はあの剣に取り憑《つ》いている亡霊だよ。剣の初代所有者と言ったほうが正しいかな」

「あれ？　でもロゴムズアークって、元は王様のものだったんじゃ」

「表向きはね。裏は、王様と親しかった家来が、自分の剣を王様に貸していたんだ。剣には不思議な力が宿っていたから、そのおかげで王様は、数々の困難を乗り越えられたというのが事の真実だよ」

「じゃあ、さっきおまえがしゃべってたのは、その家来のほうだったのか。でもどうしてその人は亡霊なんかに」

「話せば長くなるから簡潔に言うと、天界に召されたあとで事件を起こして、ゼウス様に天界を追い出されたんだ。天界の人々は、追放されると亡霊になるみたいでね。亡霊は憑くものがないと生きていけないらしいから、彼はあの剣に取り憑いたわけだ」

「なるほど。じゃあ、もう一つ。最後にあの家来がなにか言ったあとにおまえ、急に苦しみだしたよな。あれって一体どうしたんだ。おまえ、その人になにかされたのか？」

「もしかしてそれを気にしていたのかい？　ハハッ、心配かけてごめんな。俺はもう大丈夫だから」

「でもおまえ、本当に苦しそうにしてたし、あの人もおまえのこと、体が丈夫じゃないって。まさかおまえ、闇に捕まったときの後遺症がまだ残ってるんじゃないか。無理してないか？」

「俺は無理していないよ。あのときは、亡霊でもその力は天界人そのものだってことを忘れていただけだ。自業自得ってところかな」

真が最後に苦笑いを浮かべた。美由樹は心配したが、本人が言うのだから問題ないのだろうと、それ以上の詮索《せんさく》はしなかった。

その後二人は、三、四分浸かって風呂から上がった。バスタオルで全身を拭き、寝間着を着て髪も乾かしたところで、話の続きをするためにリビングへ向かう。その途中で、説教から解放された弥助がダイニングで一人、遅めの夕食を取っているのを見かけた。脇を通り過ぎようとしたが、やはり彼のことが気になって、二人はダイニングに立ち寄る。目を丸くした弥助が、二人の名を呟いた。

「やあ、弥助。凜の説教はもう終わったのかい？」

「うん。もう真夜中だから、さっさとご飯食べて寝なさいって」

「そうか。弥助、ごめんな。俺が気づくのが遅れたせいで、おまえにそんな怪我を負わせてしまって」

真が謝った。弥助が目を見開き、返答に窮する。

「謝らなくていい。悪いのはおまえじゃないのだから。おまえにもちゃんと言っておくべきだったね。あの剣に発火機能が備わっていることと、あれの守人として亡霊が取り憑いていることを」

「ど、どういうこと？　僕、わけがわからないんだけど」

「ハハッ、そうだよな。それが通常の反応だ。うん。その反応をしたということは、おまえにかけられていた呪文は解けたようだね」

「僕に呪文がかけられてた？」

「そう。もしかしておまえ、今朝、夢を見たんじゃないかい？」

「えッ、なんでそれを知ってるの？」

弥助が驚いて聞き返した。美由樹が「夢？」と尋ねる。

「僕のガールフレンド、例の暗号をくれた彼女が僕を見捨てる夢を見たんだ。とてもリアルで、彼女が去ったあとにおじさんが現れて、真の剣を持ってくれば真実を話す。彼女もそれを知れば僕のところへ戻ってくるはずだと言われて、僕はおじさんを信じて剣を」

「でもそれが、ロゴムズアークの亡霊がおまえにかけた暗示だったんだ。おまえが気づかなかったのは、その亡霊が神の領域に属する人だったから。俺もおまえが剣を持ち出さなければ、亡霊の暗示に気づかなかったかもしれない。気づかせてくれて感謝しているんだ」

「真……でも、やっぱり僕は君に謝らなくちゃ。僕は人のものを盗んだ。ハンター予備軍の人が、ハンターになる上でしちゃいけないことをしちゃったんだ。ごめんなさい、真。ごめんなさい」

「もういいんだよ。その火傷がなにより罰になっているし、それを教訓にもう落ち込まないこと。あと、食事時には必ず顔を出すこと。悩みごともきちんと人に言うこと。俺たちはいつでも力になるから。な、わかったかい？」

真が弥助の頭に手を置いて聞いた。弥助は、目頭が熱くなって腕で目を隠し、力強く頷く。真が微笑んだ。

「いい子だ。それじゃぁ夜ご飯の続きをしなさい。食事中に邪魔して悪かったね。あ、そういえば美由樹と話があるんだっけ」

「別にいいよ。気になると言えば気になるけど、もう夜遅いし、眠くなってきたし。今度話してくれればいいから」

「ありがとう。じゃあ、そうさせてもらうよ。俺も眠くなってきたから、そろそろ寝ないと明日が保たなさそうだ。目の下に隈《くま》ができたら、それこそクマった。うん。やはり俺に駄洒落《だじゃれ》は無理だな」

真が冗談混じりに言った。美由樹と弥助は、目を点にして互いの顔を見合うが、プッと噴き出し、声を上げて笑う。真も苦笑い気味で、彼らとともに笑った。

その後三人は、それぞれの部屋へ分かれ、眠りに就いた。蘭州の鼾には美由樹も弥助も耳を塞いだが、睡魔の力を借りて二人とも素直に寝入る。真も、しばらく経たないうちに眠りに就いたので、まさかこのとき、家の外で影が二つ動こうとは誰も知る由もなかった。

影の正体が明らかになったのは、翌日のおやつ時だった。夜の間に降った雨は、日が出たころには上がり、洗濯日和となっていた。弥助の心も晴天となり、昼前には弟妹たちと仲直りして、美由樹と蘭州も含めてはしゃぎ回る。そんな彼を見て真は、恵美が気味悪く思うほどニコニコしていた。美由樹は、昨晩のこともあって弥助と真の仲はもう大丈夫と思っていたが、弥助には心残りがあるらしく、距離は縮まったが話をするのは避けているようだった。

弥助の心に残った陰が呼び寄せたのか、問題のおやつ時に差しかかると、空が急に曇り始めた。辺りも薄暗くなり、降りそうだ、いや降らないと言っているうちに、とうとう雨が降ってきた。外にいた美由樹たちは急いで屋内に避難するが、洗濯物が干されているのを思い出し、慌ててそれを取り込む。

そのときになって彼らは、自分たちが包囲されているのに気がついた。最後に残った洗濯物を末子が取ろうとした瞬間に、彼女の姿が忽然《こつぜん》と消え、振り向くと一人の男が末子を抱え、顔にナイフを突きつけて立っていた。

「利明ッ」

美由樹が叫んだ。男の正体は、先日美由樹を拉致しようとしたあの利明だった。加えて彼の後ろから、数人の部下を引き連れて赤羽太夫が姿を現したのを見て、一同はその場に凍りつく。

一方で太夫は、不敵な笑みを浮かべながら、美由樹たちの前に進み出ると、彼らに向かって一礼する。

「悪天候の中、我らを出迎えいただき感謝する。菓子折持参で来たかったが、わけあり故に手ぶらで詰めかけて申し訳ない。荒崎家の者に手出しをしたくはなかったが、守護者たちの身柄を引き渡せば、我らが預かる末子を無傷で返そう。どうかな、荒崎家の諸君」

太夫が凛たちに提案した。人質を取られた上に、どちらを選んでも誰かを裏切る選択肢に、凛の弟妹たちは困惑した様子で凛に決断を求める。凛は、自身に決定権が委ねられたことに表面上は冷静を保ちつつも、内心は酷く揺れ動いた。美由樹たちも、間合いを詰めてくる敵たちの動きを注視しつつ、彼女が決断するのを見守る。

凛が頭を抱える。太夫は、そんな彼女の心情を知ってか、その場でじっと待っていたが、不意に首を動かし、弥助を見る。

「弥助、貴様ならどうする。貴様は私を慕ってくれているし、私もそんな貴様をいたく気に入っている。だからこそ貴様には、いろいろと手を施してきた。貴様にも姉同様に決定する権限はある故、貴様ならこの場を切り抜けるに、どんな決断を下すのだ」

「おじさん……僕は、おじさんのことが好きです。おじさんのためならなんでもしたいと、僕は今でもそう思ってます。でもそれは、おじさんが優しいおじさんのときだけの話です。妹を人質に取るおじさんは、僕の大好きなおじさんじゃない。だから僕は美由樹たちを守ります。荒崎家全員で守ると決めたんだ。妹を今すぐ返してください！」

言うと弥助は右手を空に翳《かざ》した。雷鳴が轟《とどろ》いて空で稲妻が走り、空気がピリピリした次の瞬間、轟音を立てて雷《いかずち》が飛来した。易々と避ける太夫の一方で、利明や太夫の部下たちは驚き、慌てて回避する。しかし雷は、空からの雨と森の静電気を味方につけ、ますます威力を高めて、次々と彼らに向かって落下した。

翻弄される敵たち。その隙に凜が遂に行動に移る。学校の部活で培った瞬発力で落雷を避けながら、体勢を崩した利明に体当たりを喰らわせ、末子を助け出した。今度は弟妹たちにスイッチが入り、場慣れした熟練者のように次々と部下たちを倒していった。人質となっていた末子も、利明からナイフを奪い、それを巧みに操っては兄姉たちに続いて成果を上げる。

美由樹たちも負けず劣らず敵を倒すが、相手が相手だった。太夫は、いくら倒しても切りがないほどの動員を連れてきていた。倒したと思えば茂みの中から現れ、それも気絶させるとまた現れる。これでは美由樹たちの体力切れが容易に想像がつく。雨の中ということもあり、戦闘が始まって三十分もしないころには、とうとう脱落者が出る。弥助の二つ下の弟が、張り切りすぎてスタミナ切れを早くも起こし、捕まってしまったのだ。それを皮切りに、弟妹たちが次々と捕らえられてしまう。

　敗北感が皆の脳裏を掠《かす》める。最終的に残ったのは、美由樹と蘭州、真、恵美、凜、友介、弥助、奏絵の八名のみで、危機感を覚えた凜は、背中合わせで敵と対峙する皆に小声で話しかける。

「みんな、よく聞いて。このままじゃ、みんなここで捕まってしまうから、ここは一つ賭けに出ましょう。守護者様たちはここからお逃げください。その間、あたしたちが敵を食い止めます」

「そんなことしたら、先輩たちはどうなっちまうんすか」

「捕まるかもね、海林君。弥助、あんたも行きなさい」

「そんなッ。姉さんたちを放って逃げるなんてできないよ」

「いいから行きなさい。その道を行くと言った以上、あんたもここで捕まってはならないの。できないなら荒崎家の代表とでも思いなさい。途中で戻ってきたら、問答無用で家から追い出すからね」

「心配いらないわ。お姉ちゃんには私たちがついてるから」

「みんなのことも大丈夫だから。な？　こんなこと頼めるの、おまえしかいないんだからさ。俺たちのためにも行ってくれよ」

「奏絵、友介兄さん……わかった。僕、美由樹たちと一緒に行く」

「そうこなくちゃッ。さすがは弥助。あんたは自慢の弟だわ。さあ行きなさい。後ろを振り返らず、どこまでも遠くへ」

凜が促した。それを見た真は、自身も決意したように頷き、仲間に合図を送ると、友介が開けてくれた道を走っていった。恵美も、世話になったことへの感謝を手短に伝えてから、彼のあとに続く。

「先輩、俺様たち、絶対に先輩たちを助けますから」

「ええ、期待してるわ。さあ行って！」

「先輩、俺、先輩たちの思い、忘れません。弥助、来い！」

家族との別れは誰しも辛いことである。口では行くと言っても、別れたくない弥助の腕を無理に引っ張って、美由樹は蘭州とともに真たちのあとを追った。この場を離脱しようとする美由樹たちに、敵たちが気づいて追いかけるも、その前に凜たちが立ち塞がる。

「この先は誰も通しゃしないよ。荒崎家の長として、またハンターの一人として、天下の弁慶《べんけい》みたく、先へ行きたきゃあたしたちを倒してからにしな！」

第五章　夢の都

空が茜《あかね》色に染まる。雨上がりの太陽が西の彼方へ沈もうとし、辺りが闇に呑《の》まれていく。闇はすべてを呑み込み、静かなる夜を生み出すが、それは不安な夜でもあった。

美由樹たちは歩を急いでいた。辺りが暗くなれば、自分たちの所在がわからなくなるからである。この場所は危険か安全か。いや、この状況下で安全な場所はどこにもない。稲妻の森から脱して四時間あまり。彼らは今、森から南西へ行ったところにある山を下山しているところだった。

五人は疲れ果てていた。森から山頂まで、魔法で出現させた雲に乗って逃げてきた。魔力にも限界があり、頂上に着くころには底を突く。そして下山の途中で休憩を入れたころには、今度は月が雲に隠れ、辺りが真っ暗になってしまった。

恵美が、残りの魔力を使って火を熾した。野宿ほど危険なものはないが、辺りが暗くなった今では致し方ない。冷えた体を暖めようと、皆は火を囲み、口を閉ざしたまま、火が消えるまでそれを見続けた。火が消えると眠りへ落ち、音も聞こえないほど静かに眠る。そしてその何時間後かに、不安の朝はやってきた。

美由樹は、ガタガタという振動で頭を床に打ちつけ、目を覚ました。ささくれ立った木の床に、つぎはぎだらけの壁。天井は高く、象二頭分は優に入る広さがある。馬車の荷台か、時折馬の嘶《いなな》く声と鞭《むち》打つ音、早く進めとの男の怒鳴り声が聞こえてくる。砂利道を進んでいるのだろう。不規則に揺れる荷台の中で、美由樹は声の主を確かめるために、その場に立とうとする。

途端に体がつんのめった。床に倒れた美由樹は、そこで自身の手足が縄で縛られているのを知る。口にも猿轡を嚙まされ、それは彼だけでなく、ほかの仲間たちも同様の状態で床に転がされていた。おまけに彼らの周りには、男女問わず大勢の人が同じ格好で寝かされていて、どうやら自分たちは、昨晩のうちに何者かに捕まってしまったらしい。不幸中の幸いか、自分たちを捕まえた相手が太夫たちでないことに、美由樹や仲間たちは安堵するが、武器を取り上げられていたため、縄を切って逃げることができなかった。その前に、床が激しく揺れる中で体勢を保つのに精一杯で、そんな彼らを乗せた馬車は、砂利道をどこまでも進んでいった。

馬車は二時間に一回のペースで休憩した。そのたびに御者の男が、荷台後方にある鉄格子つきの窓から中を覗き、ヘラヘラと笑う。自分たちの格好を見て笑っているのか、それとも別の意味があるのか、美由樹と蘭州、弥助は顔を見合わせた。自分たちはどこへ連れていかれ、どうなるのか。空腹な上に手も足も使えない状況がいつまで続くのか。三人は、そのことを互いに読み取り、無言で励まし合う。

彼らの疑問が解決したのは、彼らが荷台の中で目覚めてから四日後のことだった。その日の昼、馬車はある場所で止まった。この日は一度も止まらなかったので、皆は目的地に着いたことを知る。

そこは旅先の休憩所となっている村だった。ここも闇の支配下に堕ちたのか、村人の声は一切聞こえなかったが、今は五人の男の声が聞こえている。一人は御者の男で間違いないが、残りは聞き覚えのない声で、どれも前者より若かった。荷台にいる全員が彼らの話に耳を傾け、そうと知らない当事者たちは取引を始める。

「どうです。買ってくれやんすかね。力のある男や、何人でも子を産めそうな女もおりやすぜ。あ、そうそう。ここへ着く前に五人の若者を捕まえたんすが、これがまたねぇ」

「焦《じ》らすな。早く言え。人買いの話など信じられるものか」

「まあまあ旦那。これが値段をつけられる者じゃないんすわ。なんせ高貴な剣を二つも持っとったんすから。男が四人と女が一人でやして、女は別嬪《べっぴん》でっせぇ。男のうち二人がその剣を持っとって、別の一人はそりゃぁ優美な金髪をしとるんすわ。ほかの奴の値段はどうでもいいんすが、この五人だけはどうしてもねぇ」

「値段は？　その五人の値段はどれくらいだ」

別の声が聞いた。

「ちょっと旦那、あっしの話を聞いとったんすか。プライスレスと申し上げたやないですか。旦那らがどうしてもとおっしゃるなら、と、こんくらいの値段でどうっすかね」

「なッ。それはなんでも高すぎだ。このくらいまで下げろ」

電卓でもあるのか、カタカタと音を立てて、別の声の主が言った。

「これはまだ安いほう。これ以上は旦那らでも安くできやせんわぁ」

「なら、せめてこんぐらい。それが駄目ならこれでどうだ」

「その値段か。それがあればなにができるって、駄目駄目ッ。話になりやせん。旦那らがまともな額を出さんとおっしゃるなら、こん話はチャラにしやっせ。どっかのお偉方のおかげで、あっしには売る先が仰山あるんすから」

「待て。ではその五人全員でこのくらい出そう。それならおまえも、しばらくは人を売らずに、好きなだけ酒が飲めて満足だろう？」

今までとは別の声が言った。御者が、一瞬の沈黙のあとに笑う。

「へへ、毎度あり。そうと決まれば、早速金のほうをちょうだいしやっせ。この業界は、買っときながら金を出さん不届き者が多いっすからね。金を見てからやないと商品を渡せやせんわぁ」

「ほら、これだ。約束は守る」

三番目の声とともに、なにかが地面に置かれた音が聞こえた。御者が歓喜の声を上げ、それが聞こえて間もなく、荷台後方の扉が解錠されて開き、外から御者が入ってくる。人々は震え上がり、必死に体を動かして四隅へ逃げた。美由樹たちも抵抗したが、御者はそれをものともせず、彼らを外へ放り出す。

「おい、放り投げるな。傷がついたらどうする」

美由樹たちが地面に転がるのを見て、声からして美由樹たちが二番目と名づけた男が言った。御者が頭に手を当てて謝る。

一方で、今度は四番目の声の男が、睨む恵美の顔を手で持ち上げ、眺めながら感嘆の声を上げる。

「たしかにこいつらは高く値がつくな。見ろよ。女は本当に別嬪だ」

「金髪の奴も惜しくない。久しぶりにいい買い物をした」

「へへッ。こっちも、懐が重くなって大助かりやっせ」

御者が殊更にヘラヘラした。その顔と来たら、今すぐに縄を引きちぎって一発お見舞いさせたいと美由樹は思ったが、そこで彼はあることに気づく。御者も自分たちを買った男たちも、自分たちの正体に気づいていないのだ。特に真については、裏社会の中では超がつくほど有名人のはずである。しかし御者たちはその正体に気づいていないどころか、そもそも真がそのような人物であるのを知らないらしい。その証拠に彼らは、村の酒場で祝杯をあげることとなり、美由樹たちを酒場横の木に鎖で繋ぐと、互いに肩を組んで酒場の中へ入っていった。美由樹たちは今がチャンスだったが、やはり武器がないために逃げ出せず、絶好の機会を見過ごすほかなかった。蘭州が、猿轡の裏で小さなため息をつく。

十分が経過した。男たちは、まだ酒を飲んでいるのか、酒場から出てこない。それどころか酒場からは、御者の笑い声や、男たちの終わりそうにない話し声が聞こえてくる。

これは長話になると、美由樹が内心で呟いたとき、前方から自分たちを呼ぶ女の声が聞こえてきた。振り向くと誰もおらず、皆は恵美を見る。恵美が、自分ではないと言いたげな表情で首を横に振った。一同が首を傾げる。

「ここよ、ここ。って、そうだった。ちょっと琴《こと》。時の縛りを解いてくれる？」

声がまた聞こえてきた。声が言い終わると同時に、美由樹たちの前の空間が歪《ゆが》み始め、その向こうから一人の女が姿を現す。

女の正体は、世界に東西南北の方角を創造した世界大四天の一人、フロルだった。自然の森と砂漠の町にしか現れたことがない彼女が眼前に出現したことに、彼女を知る者は目を丸くするが、彼女の後ろから金髪交じりの茶髪をした少女が現れたのを見て、弥助が猿轡の奥から「んー、んー」と声を発する。少女が口に指を当て注意したあと、懐からナイフを取り出した。不思議な気配のするナイフで、彼女がそれを一振りすると、木に繋がれている鎖や手足の縄が音もなく断ち切れる。拘束が解けた美由樹たちは自らの手で猿轡を外し、助けてくれた少女に礼を言った。

「助けてくれてありがとう。君が来てくれるとは思わなかったよ」

「あら、弥助。私をなんだと思ったの？　そりゃあなたのお人好しが憎たらしくなって、あなたの顔に紙を叩きつけてやったけど、あなたのガールフレンドとして、あなたを助けるのは当然よ。さ、話はここらへんにして、早くこの場から逃げましょ」

琴が避難を促した。武器を取られたままだったので、美由樹と蘭州が慌ててそれを制する。直後にフロルが、これのことかしらと、後ろ手に隠していたものを前に突き出した。そこには、御者に取られたはずの武器が握られており、二人は目を点にする。なぜ彼女がと疑問を抱くが、ひとまず礼を言って、彼女からそれを受け取った。

「さ、逃げるわよ。あの人たちがこちらに気づく前に」

「でも、俺様たちと一緒に捕まったあの人たちはどうすんすか。こんまま見捨てろとでも？」

「そんなッ。そんなことできるはずがない」

「なに言っているの、州坊、美由樹。そんなことをしている時間は私たちにはないの。彼らには申し訳ないけど。あなたたちだってその意味がわかるでしょう？」

「でも」

　フロルの冷酷な決断に、美由樹や蘭州だけでなく、真も異議を唱えようとする。

　しかし二の次の言葉を口にする前に、彼はなにかに気づいて、危ないッと声を張り上げた。フロルの後方から魔法玉が、彼女目がけて飛んできており、振り返ったフロルの目の前で爆発する。寸前、真が彼女を抱えて横に飛び退いたので、フロルは難を逃れる。

　爆発の衝撃でバランスを崩し、地面に倒れる二人。腰を打ったフロルは、腰をさすりながら真を振り向き、目を見開く。左肩辺りの布地がドロリと溶けており、その下の皮膚が赤く炎症を起こしているではないか。

「シャイカッ」

　どうやら真は、彼女を助ける際に魔法玉を掠めてしまったらしい。苦痛の表情を浮かべる真を、フロルはそう呼ぶと、急いで炎症部位に回復魔法をかけ始めた。

「あなたって人は、自分の置かれている状況をわかっているわけ？　今ここで怪我をすればあなたはッ」

「そうそう。自分たちの置かれてる状況が今どうなってるか、光の守護者であるおまえならわかってるはずだよな？」

仲間たちが駆け寄る中、フロルの言葉に賛同するように、誰のものでもない声が聞こえてきた。声のしたほうを振り向くと、酒場内にいるはずの男四人組が、ニヤニヤした顔でこちらを見ながら立っていた。恵美が目を瞠る。

「あんたたち、真の正体を知ってて私たちを。やっぱりあんたたちは闇の王の」

「ご明察。太夫殿から、守護者らが稲妻の森から逃走したと連絡が入ってな。ここに来るんじゃないかと思って見張ってたのさ」

「人買いに捕まってたのは想定外だったが、この界隈で人買いが人を攫《さら》ってると聞いてな。もしやと思ったら案の定で、こちらは手間が省けて人買いに感謝してるんだ」

二番の男が、一番の男のあとに続いて言った。

「まあそれも、奴にはもう聞こえないが。詮索さえしなければ、あんな目には遭わなかったろうに」

「ま、まさかおめぇら、あのヘラヘラ野郎を殺したっつうのか？」

「口利きの悪い。酒に酔ったところを締め上げたまでだ。おまえらも直に奴に会えるさ。光の守護者と別嬪さん以外は始末していいらしいからな。仲間を殺されたくなくば投降しろ、光の守護者さんよ」

四番の男はそう言うと、手に持っていた銃を真に向け、トリガーを引いた。さっきフロルに飛んできたものと同じ魔法玉が銃から放たれ、今度は真に直走る。美由樹と蘭州が急いで割って入り、爆発する前にそれぞれの武器で叩き切った。四番の男が舌打ちをする。ほかの男たちも行動に移った。一番の男は四番と同じ銃を、二番の男はヌンチャクを懐から取り出すと、四番に続いて美由樹たちに攻撃を仕掛ける。中でも三番の男は、電気を帯びた鞭を振り回してくるので、美由樹たちはそれに注意を払いつつ、ほかの三人を真には近づけさせまいと抵抗した。しかしこの場で戦力となっている美由樹、蘭州、弥助、恵美、琴の五人のうち、琴を除く四人はここ三日間は飲まず食わずで体力が底を突いており、琴は元々戦闘に不慣れなため、次第に戦局は防戦となる。最後には三番の男の直撃を受け、五人は後方へ突き飛ばされてしまった。フロルが皆の名を叫ぶ。

地面へ叩きつけられる五人。スイッチが切れたように体が重くなり、起き上がれない。このままでは真がやられると、美由樹は無理にも腕に力を入れ、その場に起き上がるが、すぐにも膝が折れて地に手を突いてしまう。それを見たフロルが、美由樹の名を呼んだ。

「美由樹、例の力を使いなさい」

「え？」

「あなた、自然の守護者だったでしょう？　なら、今すぐその力を発動させて、あの人たちの動きを止めさせなさい」

「だ、駄目だ。美由樹に、そんなことをさせては」

「バカ言っているんじゃないわよ。そんなこと気にしていたら、それこそみんなここで命尽きて、あなたは闇に拘束されてしまう。美由樹、私の言うことをよく聞きなさい。ただ闇雲に力を発動させてはあなたの正体が露見するだけだから、あなたのそれが魔法であるように装うのよ。あなたが力を発動したとき、私たちはあの馬車ごと、この場を離脱する。タイミングは任せるから、いいわね？」

真の言葉を制してフロルが、顎で人買いの馬車を指した。やはり彼女も見過ごせなかったのだと、美由樹は心が晴れた気がして、彼女に頷いてみせると、その場に立ち上がり、剣を胸の前に構える。魔法を詠唱するときのように目を瞑り、意識を集中させた。

瞼の裏に音だけの世界が広がる。男たちの足を動かす音が聞こえ、それを蘭州たちが止めにかかる。そんな中で美由樹は、自分の声に反応してくれそうな植物を探し、酒場の隣に立つ木に狙いを定めた。

「我、自然の守護を担う者。我が名より、かのものに命じる。我が道を塞ぐ者に戒めを説き、我が前に道を開け」

美由樹が、思いよ届けと願いながら、心に浮かんだ言葉を唱えた。この場を漂う空気がガラリと変わり、風もないのに木がガサガサと揺れる。その音が一度静まり、再び聞こえた次の瞬間、木の根が地面を突き破って飛び出してきた。驚く蘭州たち。男たちも意表を突かれた様子で立ち尽くし、根が自分たちに襲いかかってきたときには、声を上げてそれに集中砲火を浴びせた。しかし根は、彼らの攻撃を一切受けつけず、彼らの体に巻きついては動きを封じる。

「今よッ」とフロルが叫んだ。それを合図に、美由樹たちは人買いの馬車へ駆け寄り、フロルと恵美が御者の席に、残りの四人は真を連れて荷台へ回った。皆が乗り込んだところで、フロルが馬たちに鞭を打つ。馬車が走りだし、男たちが待てと叫んで魔法を放つが、新たな根が地中から飛び出し、壁となってそれを防いだ。両者の距離が見る見ると離れていく。

「大丈夫。僕たちは皆さんを傷つけたりしません。今、皆さんの縄を解きますから」

突然外で戦闘が始まったと思えば、今度は馬車がいずこかへ走りだしたので、荷台にいた人々は恐怖していた。中に入ってきた自分たちにも震えるのを見て、弥助が慌てて弁解し、蘭州とともに人々の解放に回る。その間に美由樹と琴は、真を床に寝かし、彼の左肩の治癒を再開した。

美由樹は回復魔法を覚えていなかったので、琴が代わりに治癒を施した。美由樹が心配そうにそれを見守る。

「大丈夫か、真」

「大丈夫だ。単に、掠ったただけだから。琴も、俺のことはいいから、ここにいる人たちのケアを手伝ってやってくれ」

「でもまだ炎症が残って……お顔もきつそうですし、とても大丈夫とは思えないんですけど。あ、それなら」

こちらも心配そうな顔をした琴だが、なにかを思いついて、懐から音符が飾りにあしらわれた竪琴を取り出す。弦に指を置き、一つ音を鳴らした。その場にいる全員の視線が琴に集まり、その中で彼女は一曲、演奏し始める。心地のよい音色が馬車全体を包み込み、張り詰めていた緊張が、日光を浴びたタオルに顔を埋《うず》めたときのように柔らかく、朗らかに解けていって、人々は一瞬で彼女の音色の虜《とりこ》となる。

美由樹もその一人だったが、彼の場合は竪琴を奏でる琴の姿に、別の少女の面影が見えた気がして、目を大きく見開いた。それも束の間、うっとりとした音色に瞼が重くなり、腹の虫が鳴いているのも忘れて美由樹は、目を閉じ、そのまま眠りに落ちる。

そんな彼が目を覚ましたのは、翌日の昼過ぎだった。食欲を誘う匂いに脳を刺激されて、閉じていた目を開き、辺りを見渡した。

見知らぬ部屋。十二畳ほどの広さに、小さなキッチンと風呂、トイレが完備されている。自分が寝ているベッドの脇には小窓があり、日の光が差し込んでいた。自分自身を見ると、体の至るところに絆創膏《ばんそうこう》や包帯が巻かれている。そして自分を闇より目覚めさせた匂いは、キッチンから漂ってきていて、そこには琴が、雑炊の入った器を盆に載せて立っていた。

「目を覚ましたのね」

美由樹が見ていることに気づいた琴が、微笑んで言った。身を起こした美由樹に歩み寄り、彼に盆を手渡す。

「召し上がって。真さんの話じゃ五日も食べてないんでしょ？」

「え、ああ。ありがとう。いただきます。って、熱ッ」

「あ、ごめんなさい。それ、でき立てなの。火傷には気をつけてね」

「そうだったのか。ところでおまえは、えっと」

「琴よ。時任《ときとう》琴。弥助のガールフレンドで、フロルさんと一緒にここの守護を任されてるの」

「守護？　って、え、その前にここどこ？」

「私の故里よ。夢の都と呼ばれてて、陸の谷と海の岸に挟まれてるの。弥助と一緒にいたなら、弥助からここのこと聞いてない？」

　琴が尋ねた。美由樹が、一瞬考えてから首を横に振る。

「おかしいなぁ。弥助には、私がここにいるとちゃんと伝えたのに。あの手紙、読んでないのかしら」

「手紙？　あ。あの暗号のことか。たしか、オーケーアイムワンムイ」

「それをサラ語の綴《つづ》り、アルファベットに置き換えて下から読むと『夢の都』になるの。直に書くと面白くないから暗号っぽく書いたんだけど、ちょっと捻《ひね》りすぎたかしら」

「ok ayim one muy。ゆ、め、の、み、や、こ。あ、本当だ。夢の都になる。そうか。あれはアルファベットに置き換えればよかったのか。おまえが時使いと聞いて俺たち、あれが時使いの使う専門用語かと思って、もっと難しく考えちゃったんだ」

「もしかしてあの暗号が解けなかったの？　私、そんなに難しく作った覚えはないんだけど」

琴が困惑した様子で言った。そんな彼女を見て美由樹は、自分たちの頭が固かったことと、固定概念に囚われては物事の本筋が見えないことを学んだ気がして、小さく笑った。

美由樹が雑炊を食べ終わり、片づけが済んだころに、二人は部屋をあとにした。琴が、ほかの仲間たちの元へ案内してくれると言い、美由樹も二つ返事で彼女の誘いを受ける。美由樹のいた部屋は、ガラス張りの通路で繋がった離れで、美由樹は、ガラスの奥に見えるものが気になり、近寄った途端に感嘆の声を漏らした。緑に覆われた谷の至る場所に、自分がいたのと同じ部屋――ドーム型のロッジといったほうがよいだろう――が建っている。その間をガラス張りの通路が走り、通路が張り巡らされた谷底には幅広の川があって、流れ着く先には大きな女神像が二つ聳え、その間の門を抜けた先には、太陽で煌めく海が広がっていた。寝起きに感じた温かさが都のそこかしこに漂う景色に、美由樹は心を射られ、ベタ惚れする。いつまでもそれを見ていたかったが、彼は現実に目を戻すと、下り坂となっている通路の先で待つ琴の元へ駆け寄った。

琴は谷底を目指していた。道すがら都の人々から挨拶され、彼女も挨拶を返し、美由樹も倣って挨拶する。彼らと別れて通路を進むが、このとき美由樹は、別れたはずの人々があとをつけてくることに気がついた。琴が都の守護をしているので、人々は彼女のファンだろうと美由樹は思ったが、人々の視線が彼女ではなく自分に向けられていると知ると、不思議に思い始め、尾行してくる人数が次第に増えていって困惑する。一方で琴は、そのような思いを美由樹が抱いているとは知らず、谷底を目指してひたすら歩き続けた。

　そんな彼女が足を止めたのは、都の一番下。谷底の川の真上にある、一際《ひときわ》目立つ大きなドームだった。内部は三つに仕切られており、真ん中の空間の自動扉から中へ入ると、ホテルのロビーのような空間が広がっていた。天井まで吹き抜けで、中央には巨木が立っており、空間のあらゆる場所には、座り心地のよさそうなソファが置かれている。それらには、声をかけてくれた倍もの数の人々が座っていて、楽しげに会話している姿は、外界での出来事が夢であるような印象を受け、美由樹を驚かせる。しかし彼がもっと驚いたのは、琴のあとに続いて巨木の真下に来て、後ろから何者かに抱きつかれたときだった。

「やっと起きたか。ホントおめぇは起きんのが遅えなぁ」

　抱きついてきたのは蘭州だった。彼の後ろでは弥助が、絆創膏だらけの手で挨拶をし、その横では恵美が「本当よねぇ」と蘭州のそれに相槌《あいづち》を打った。

「蘭州ッ。弥助も恵美さんも、みんな無事でよかった」

「当たり前じゃないの。あんなザコに倒されるほど、私たちは弱くないわ。それよりさっさと着席なさい。あいつらが待ってるわよ」

　恵美が前方を指さした。巨木の幹に大きな洞《うろ》があり、入るとそこだけ個室感が漂っている。木の中というイメージに合わせてか、置いてあるソファはモダンなテイストをしており、そこには姿が見えなかった真とフロルが座っていた。

「やあ、美由樹。目を覚ましてくれたんだね」

「心配かけてごめん。それよりおまえの怪我はもう大丈夫なのか？」

「琴が治癒の歌を奏でてくれたからね。おかげでこのとおり、炎症も治まって元気になったよ。あのときはありがとう」

真が琴に礼を言った。琴が、どういたしましてとお辞儀する。

「そうだ。みんなに紹介したい人がいるんだ。光の前王の夢見秀作さんと親交があり、ご友人の、都《ここ》の長をされている長老様だ」

皆がソファに着席したのを受けて、真が自身の向かいを指した。白髭を生やし背の曲がった老人が座っており、真の紹介を受けて皆にお辞儀する。美由樹たちも彼にお辞儀した。互いに顔を上げ、そこで長老は、一同の中に美由樹がいるのに気づいた。彼に歩み寄り、顔を近づける。美由樹が驚き、身を竦《すく》ませた。長老がフェッフェッと笑い声を上げる。

「さすが親子じゃ。細かな動作までお父上とそっくりじゃわい」

「長老、美由樹は恥ずかしがり屋なのです。おわかりいただけると嬉しいのですが」

真が、美由樹の肩に手を置き、解《ほぐ》す動作をして言った。

「わかっとるとも、坊ちゃん。わしは、彼が母胎より出てきた刹那から、この目でその成長をしかと見てきたのじゃ。前はわしより背が低かったものを。見ぬうちに随分と背が高くなったのぅ」

「母胎から出てきたって、えッ。美由樹はここで生まれたんすか。地球じゃなくて？」

蘭州が驚いて聞き返した。長老が深く頷く。

「この子は都の医療室で、闇族のお父上とニンゲンのお母上の間に生まれたのじゃ。医者泣かせの難産で、無事に誕生したときには医療室に人が押し寄せ、皆で祝福したものじゃ。妹の愛君が生まれて間もなくここを去ってしまったが、ご両親と妹殿は元気にしとるかね。あれから難儀は？　いつでも戻ってきてよいのじゃぞ。末の妹殿も生まれたそうで、その子もお主らと一緒で特別な力を持っとるのじゃろう。名前は？　今いくつじゃ。姉殿に似てかわいいかのぅ」

長老が矢継ぎ早に質問した。美由樹が急にしどろもどろになる。実は彼は、過去の記憶を真に消されていた。やむを得ない事情と真が前に教えてくれたが、美由樹はまさかこのようなところで、自分の過去を知る者に遭遇するとは思いもしなかったので、長老への返答に困り、顔を俯かせる。仲間たちの視線が彼に集中した。

不意に肩に力が入る。顔を上げると真が、なにも語らなくていいと言いたげな表情で、長老を真っすぐ見つめていた。

「長老。それ以上の詮索は、美由樹の育て親としてご遠慮願います。美由樹が今どんな状況に置かれているかは、昨日ここに着いたときにお話ししたはずです。お忘れではございませんよね？」

「あ……わしも老いたものじゃ。懐かしさが先走ってしまったわい。お主にも悪いことをしたのぅ。堪忍じゃ」

長老が、ばつの悪そうな表情をした。美由樹が、場の空気を変えようと口を開く。

「ところで、人買いに捕まったあの人たちはどうなったんですか？」

「それならみんな、この都にいるよ。外界があんな状況だから、長老のご厚意で、都で保護してもらえることになったんだ」

真が代わりに説明した。長老がソファに座り直してから頷く。

「武器を持たんわしらにできるのはそれくらいじゃからの。坊ちゃんたっての願いごとじゃて、断れるもんも断れんわい」

「坊ちゃんだなんて呼ばないでください。それより、長老にもう一つお願いしていた件ですが、その後返答はございましたか？」

「光の宮殿へのコンタクトじゃな。頼まれるまでもなく試みたが、世が世じゃて、なかなか繋がらんで齷齪《あくせく》したわい。じゃが二時間前にようやく連絡がついてのぅ。城にも敵が攻めてきたそうじゃが、地下の避難部屋に間一髪で入れて無事とのことじゃ」

長老が笑顔で言った。稲妻の森で連絡が取れなかっただけに、美由樹と蘭州、真、恵美の四人は安堵のため息をつく。

「お主らのことも心配しとったぞ。ここにいると伝えたら喜んどったが、お主らのほかに三人、別の場所に飛ばされ、連絡がつかん者がおるそうじゃ。ノイズが入ってよく聞き取れんかったが、名をカトウ、ジュソウ、アッシと言っとったな」

「加藤と樹霜と敦史が行方不明だって!?」

驚いた美由樹が聞き返した。蘭州も「おいおい」と肩を落とす。

「マジかよ。あの二人も別ん場所に飛ばされて、よりにもよってあの死の神と一緒だなんて、俺様たちより心配だぜ」

「大丈夫だよ。死の神、いや夢見敦史はもう昔の彼じゃない。二人と一緒なら、二人を守ってくれているはずだし、隠れ上手で敵のまき方も熟知している彼と一緒なら、二人も生き延びているはずだ」

「真の言うとおりよ。私たちに今できることは、互いを信じて、心の平静を保つこと。心が乱れれば、真《しん》に危機迫ったとき、なにもできなくなる。仲間を信じることこそ、危機を乗り越える力になるのよ」

「フロル嬢の言うとおりじゃ。お主らのことも含め今後について、明日にも都の会議で話し合おう。お主らからも代表で一人出てもらって、そのほかの者はその間、部屋で待機しといてもらいたいんじゃ」

「でしたら会議には真を出席させましょう。彼は現場を見てきた証人ですから、現状を最も知っていると思います」

「わかったよ、フロル嬢。さて、そろそろ自室に戻るかのぅ。美由樹、お主と話せて楽しかったよ。お主も都の子。都の子は皆わしの孫じゃ。過去のことを知りたくなったら、いつでもわしの元へ来なされ。茶でも飲みながら話して進ぜよう」

言うと長老は席を立ち、去っていった。一同は、長老に礼を言ったあとで、起きたての美由樹のために、都へ到着するまでの経緯を彼に話して聞かせる。二時間ほど雑談したところで会はお開きとなり、弥助と琴をその場に残して、皆はそれぞれあてがわれた部屋へ戻る。美由樹は、雑炊で満たされていたはずの腹が鳴ったため、同じく小腹が空いた恵美と、ロビーの横にあるもう一つの空間へ向かった。

そこは大食堂と呼ばれていた。都の人々は、普段はそれぞれの部屋で食事をするそうだが、外食したいときはここに集まり、家族も他人も関係なく相席で食事するらしい。二人が入った時間帯も、夕食時とあって、室内にある長テーブルのほとんどが人で埋まっていた。二人は食堂の隅で席が空くのを待ち、しばらくして奥のテーブルの端が二人分空いたので確保する。恵美が席の見張り番で残り、美由樹は彼女と自分の食事を注文するため、受付カウンターへ向かった。

カウンターでは長蛇《ちょうだ》の列ができていた。列の最後尾に並んだ美由樹は、長老がそうだったように、ここでも過去に囚われる。人々が、彼の存在に気づくと、必ず二度見したあとで話しかけてきたのだ。そのときになって美由樹は、都の全員が自分のルーツを知っているのに気づくが、長老のときで免疫がついたのか、ぎこちなさはありつつも、一人で彼らの話を捌《さば》いていった。

そんなこんなしているうちに、ようやく番が回ってきた。カウンターに立つシェフに料理の注文をするが、シェフもまた美由樹のことを知っているらしく、「美由樹が帰ってきた」と飛び跳ねる。おかげで美由樹の注文した内容を忘れ、代わりに彼は、メニューにある全料理を美由樹に振る舞った。居合わせた都の民たちも協力し、テーブルの上に次々と料理を並べていく。あれよあれよという間にテーブルの半分が料理で埋め尽くされ、美由樹はというと、水の入ったコップを二つ持って戻るだけで、着席したときには、向かいに座る恵美の姿が料理の山で見えなくなっていた。

「あんたってマジですごいわね。私は雑炊を頼んだだけなのに、ほかのもんは全部あんたが頼んだの？」

　見知らぬ人が次々と料理を置いていくので、恵美はわけがわからず、眼前の料理に圧倒されていた。美由樹が苦笑いを返す。

「違いますよ。俺はカレーライスと唐揚げを頼んだだけです。そしたらこんなに出てきちゃって」

「仕方ないわね。あんたはここじゃ有名人っぽいし。シェフがあんたのためと作ってくれたのよ。ありがたくいただきなさい」

「たしかにありがたいんですけど。これ、全部食べきれるかなぁ」

「食べきれないなら誰かにあげんのね。あんたからもらうんだから、どんなに満腹でも食べると思うわよ」

「いや、それは悪い気が……でも、周囲から見られながら食べるのって、なんか変な気がします」

　いただきますのあとで美由樹が、カレーを食べながら言った。

「そういってないで食べなさい。みんなはあれでも楽しんでんだから。ほら、ご飯粒が落ちてるわよ。みっともない」

「あ、本当だ。すみません」

「まったく。真と似てんだか似てないんだか。あんたってマジ不思議ちゃんね」

「俺だって驚いてるんです。自分のことだけど、よく知らないんで」

「記憶喪失なんでしょ？　事情があるみたいだけど、その点もやっぱあいつに似てんのかしらね」

「似てる？　もしかして、真も記憶を消されてるんですか？」

　今度は自分の顔ほどある骨つき肉にかぶりついたところで、美由樹が手を止めて聞いた。恵美も手を止めて彼を見る。

「どうしてそう思うの？」

「だって俺、昔の記憶を真に消されてて。そこが似てると言ったから、あいつもそうなのかなぁって」

「ハア。あいつ、なんも話してないのね。そうよ。あいつも記憶を消されてんの。誰がやったかまでは知んないけど」

「そうだったんですか。真も消されてたなんて知らなかった」

「知らなくて当然よ。私だって、ふとした拍子に小耳に挟んだ程度なんだから。まあ、あいつが過去の話をしてるときに盗み聞きすればわかんのかもしんないけど。あんた、そういうの得意でしょ」

「えッ。あ、でも、どうしてそれを」

「知ってて当然でしょ。だってあんたはこん前、私とあいつが弥助ん家《ち》の庭で話してんの盗み聞きしたんだから」

　恵美が雑炊を食べ終えて言った。美由樹の体がビクつく。

「図星ね。あれを聞いてたのがあんただったから、私も許せたんだけど、やるんだったら慎重にやんなさい。自分の居場所に戻るまで、音という音はすべて注意すんのよ。でないと命取りになんだからね」

「あ、はい。気をつけます。って、音が出てたんですかッ」

「こう見えても私、耳はいいほうなの。だからあんたに忠告しとく。あんとき聞いたことは、口が裂けても誰にも言わないで。姫のほうはいいけど、守護者のほうは王様にも隠してんだから。それが露見したら私は森から追放されてしまう。あいつも私のことは隠してくれてんだから、あんたもきちんと約束を守ってよね」

「王様にも？　……わかりました。恵美さんの過去は絶対に誰にも言いません。恵美さんにはお世話になってるし、恵美さんは俺の過去のことを聞かないでくれてるんで、お互い様です」

「ギブアンドテイクね。そういうことなら私も安心するわ。ところであんた、これ食べきれんの？」

「うッ。む、無理です。そろそろ限界になってきて」

美由樹が、口内のスパゲティを呑み込んでから答えた。彼の横には、空になった皿が五枚積み重ねられており、彼なりに奮闘したことを物語っていたが、テーブルにはまだ二十皿ほどの料理が並んでいて、それを見た恵美はため息をついた。

「おい。そこにいるのって美由樹じゃないか」

美由樹の背後から声が聞こえてきた。美由樹の真後ろで腰を下ろした三人の少年のうち一人がこちらを指さしており、残る二人も、後ろにいるのが美由樹と知ると、顔を明るませて彼に詰め寄る。

「久しぶりだなぁ、美由樹。元気にしてたか？」

「え？　あ、あの」

「俺だよ、俺。おまえの隣の部屋に住んでた雅也《まさや》だよ。おまえがまだこんなチビだったころ、都の広場で一緒にサッカーして遊んだの覚えてるだろ。って、覚えてないのも無理ないか。おまえがここを出てったのが七年前で、あのときはてんやわんやで、おまえともろくな挨拶もできずに別れて、そのあとは一度も会ってないし。俺もあれから結構背が伸びたから、本人とわかるまで時間がかかるかもな」

雅也が一人頷きながら言った。受付カウンターの一件で、やっとそれから解放されたと思ったのに、再び自身の過去を知る者が現れて、美由樹は今日一番に困惑し、返答に窮する。そんな彼を傍から見ていた恵美が、その場に立ち上がり、雅也たちに歩み寄った。

「ねえ、あんたたち。もしかして美由樹の友達？」

「ん。そうですけど、あんた誰？」

「こいつの仕事仲間ってとこよ。それよりあんたたち、お腹空いてる？　空いてんならここにある料理、全部食べてくんない？」

恵美が、自分たちのテーブルにある料理を指さして言った。ごちそうとも言える料理を目にした雅也たちは、それまでの警戒色から一変し、目をキラキラと輝かせる。

「うそッ。これ全部食っていいの？」

「ええ。シェフが注文を取り違えてこんなに作っちゃったから、正直私たちじゃ食べきれなくて困ってたの。あんたたちが料理を注文してないなら、これ全部あんたたちにあげるわ。お代はすでに美由樹が持ったから、気にしないで食べて」

「美由樹が？　うわぁ。美由樹、太っ腹ァ」

「こんな量、今まで見たことも食ったこともないぜ」

「ちょうど俺たち、めちゃ腹が減ってたんだ。おまえにも会えたし、こんなごちそうもくれるし、俺たちホントに超ラッキー」

雅也たちが次々と言葉を発した。最後に彼らは、全員起立をして美由樹に「あざっす、ゴチになります！」と頭を下げると、美由樹や恵美と席を入れ替え、眼前のごちそうに貪《むさぼ》りつく。美由樹は、自身への追及がなくなったことに胸を撫で下ろすが、それも束の間、恵美に腕を引っ張られて、人々の視線が雅也たちに向いている隙に、大食堂をあとにした。

大食堂を出たところには、都は夜の姿となっていた。点在する部屋から漏れる光が、夜の川辺に集うホタルのように幻想的な雰囲気を醸し出している。そんな景色もまた癒されるなと思いながら、美由樹と恵美は、自分たちの部屋へ戻るために通路を歩き始めた。

美由樹は、まっすぐに自身の部屋へ戻ろうと思ったが、道中に恵美の部屋があることを知り、彼女を部屋へ送ってから戻ることにした。それを聞いた恵美は感嘆の声を上げ、それならとポケットから小さなポーチを取り出し、カプセル錠を一粒、美由樹に手渡した。首を傾げる美由樹に、飲めばわかると恵美は言い通して、自身の部屋に着くと「お休み」と言い残し、扉を閉める。美由樹は彼女の行動に再び首を傾げたが、その後自分の部屋に戻り、もらった薬を飲んでみる。便秘薬だったようで、一分もしないうちに美由樹はトイレへ駆け込んだ。その先は生理現象の究極な状態へ陥り、十分経っても彼はそこから出られなかった。

翌朝、美由樹はとても爽快な気分だった。薬のおかげで昨晩の料理が栄養だけを残し、すべて出ていったからである。恵美が薬を常備していたことには驚いたが、腹痛を起こさずに済んだ彼は、礼を言いに、大食堂へ向かう前に彼女の部屋に立ち寄った。

恵美はとうに起きていた。髪を梳《と》かしている最中だったらしく、美由樹が扉をノックしてもすぐには出てこなかったが、しばらくして外に出てくると、「あら」と目を丸くした。

「どうしたの、美由樹。起きんのがやけに早くない？」

「恵美さんがくれた薬のおかげです。あのあと、部屋に戻って薬を飲んだらすぐに来て。おかげで今日はスッキリして、お礼が言いたくて来ました。ありがとうございます」

「礼なんていらないわ。あんた、昨日は苦しそうにお腹を抱えてたから、これは危ないと思っただけよ。それより、食堂へ行くんだったわよね。なら私もつき合ってあげるわ」

　言うと恵美は部屋から出てきた。美由樹もあとに続く。

　谷に差し込む朝日が、海に反射して都全体を明るく照らす。通路がガラス張りのこともあって、それは余計に眩しく感じられ、美由樹の目には少々痛かった。美由樹は、手で庇《ひさし》を作りながら、先を行く恵美のあとを追いかける。

「ところであんた、今日会議があんのは知ってるわよね。それが終わるまで私たちは各自の部屋に待機すんだけど、あんた、なんか用ある？」

「え？　いいえ。なんの予定もありませんけど」

「なら私につき合って。あんたがいてくれたほうが怪しまれないから。つき合ってくれたら昨日話したあいつの秘密、教えてあげるわ」

「本当ですか？　あれ。でもそれ、本人の許可をもらったほうが」

「了承ならちゃんと得てるわよ。あいつの姉からね」

「フロルさんから？　って、ちょっと待ってください。どうして恵美さんが、フロルさんが真の姉さんってことを知ってるんですか」

「それは私がその姉の下で働いてるからよ。光の守護者と同じで、闇の守護者も存在するだけで周囲に影響を与えてしまう。力の制御はできてるけど、妖気がどうしても漏れ出ちゃうから、それを抑えるために世界大四天の力を借りてんの。その代償にあの人たちの、世界の均衡を保つ仕事をサポートしてるわけ。まあ、真があの人の弟って情報は、コナラっておしゃべりなガキから聞いたんだけど」

「へえ。じゃあ恵美さんは、フロルさんたちの秘書みたいな感じなんですね。真と王様の関係みたいな」

「好きでやってるわけじゃないんだけどね。あ、着いた。あんたは先に席を確保しといて。注文は私がしに行くから」

大食堂に到着し、昨晩と同じように人で溢れている中、恵美が受付前の行列の最後尾に並んで言った。美由樹は言われたとおりに席の確保へ向かい、昨日と同じ場所が空いていたので、椅子に座って彼女が来るのを待つ。しばらく経たないうちに、注文品を頼みそびれたことに気づくも、そのころには恵美が、モーニングセットを二つ盆に載せてこちらへやってきた。

「勝手に決めさせてもらったわ。朝はこんくらいで十分」

「ありがとうございます。いただきます」

「どうぞ、召し上がれ。時間の許す限り、とことんつき合ってもらうから覚悟しといてね」

「ところで、恵美さんはどこに行こうとしてるんですか？」

「散歩よ」

「えッ。さ、散歩？」

「そう。部屋に閉じ籠《こ》もってると体が鈍《なま》っちゃうでしょ。蘭州と弥助は、都のガキ連中と遊ぶと言ってたし。琴は真と一緒で会議に参加するらしいわ。あの人はよくわかんないけど、それならこっちも暇を潰さなくちゃ。女性が一人で出歩くのは危ないでしょ。もしものことがあれば、ちゃんと守ってちょうだい」

「……わかりました。恵美さんの気が済むまでつき合います」

「素直でよろしい。それなら、さっさと食べ終えて出掛けましょう」

一口大にちぎったパンを口に運びながら、恵美が言った。美由樹は、大変なことを引き受けた気になりながら、コーンスープを啜《すす》る。

朝食を終えた二人は、大食堂を出て、昨日仲間たちと顔を合わせたロビーを通り、奥の自動扉を抜けてもう一つの空間に入った。そこは五階建ての大型図書館で、一フロアごとに隅から隅まで本棚で埋め尽くされており、棚には夥《おびただ》しい数の本が並べられていた。恵美は、棚から本をあれやこれやと抜き出しては、そのすべてを美由樹に持たせる。前が見えなくなるほど高く積まれ、その状態で、図書館の最上階まで階段を上る羽目となった美由樹は、内心でさっきオーケーを出した自分を悔やみながら、階段を上り続ける。

恵美は、五階奥の閲覧ブースを目指していた。ブースに置いてあるテーブルのうち、窓側のテーブルへ歩み寄る。そこでようやく止まったので、美由樹も本を机に置いて一息ついた。恵美は、そんな彼には見向きもせずに、窓から景色を眺める。首を傾げる美由樹。彼女に倣って窓の向こうを見るが、途端に彼は感嘆の声を上げた。

「すごいでしょ。こっからの景色は絶景らしくて、朝一番じゃないと席が取れないと聞いてたの。誰もいなくてラッキーだったわ」

「すごい。海が遠くまで見渡せる。太陽の光でキラキラ輝いてて、光のベールができてるみたいで海に見えません。すごく綺麗《きれい》です」

「ガキにしちゃ華やかな表現を使うじゃない。さてと、そろそろ本題に入りましょう。持ってきた本を全部並べて」

「え、これ全部並べるんですか？　五十冊ぐらいはありますけど」

「いいから並べて。そうすればなにを運んできたかわかっから」

言うと恵美は、四人がけの机に、美由樹が持ってきた本を並べ始めた。美由樹も手伝い、机の上は瞬く間に本でいっぱいとなる。

すべての本を表紙が見えるように並べ終えたとき、美由樹がハッと気づいて言う。

「これって全部、ポロクラム星の歴史に関わる本じゃないですか」

「そう。これがどういう意味か、あんたならもうわかるわよね。とまあ、まずは本を読みましょう。いい、三神《みかみ》の国よ。それに関して全部抜き出して欲しいの。私も探すの手伝うから」

「三神の国。それが真と関係してる」

美由樹が恵美の言葉を復唱した。実は美由樹は、かねてより真のことが気になっていた。美由樹の過去は知っていて教えてくれたのに、自身のことはなぜか多くを語ろうとしない。しかし彼の言葉には、どこか遠い昔からすべてを見てきたような、奥深い響きが含まれている。そのおかげで自分も、自分の旅仲間たちも救われたことがあった。美由樹は、この調査でその真意に辿り着けるのではと、五十冊もの本を恵美と読み始める。

読み始めてからどのくらい経っただろうか。二人は、昼食を取ることも忘れて読書に没頭する。三神の国の記述があればメモを取り、また読み進めてはメモを取ることを繰り返し、二人がすべてを読み終えたころには、辺りが暗くなっていた。二人は、互いに書き取ったメモをポケットにしまい、本を受付に返却すると、腹拵えに大食堂へ向かう。もちろん注文は今回も恵美が行ったが、夕食を食べて満腹になったところで二人は、調査結果を互いに報告する。

初めに報告したのは美由樹だった。メモを取り出して答える。

「俺が読んだものは、表現の仕方は違ったんですけど、紙に書き出してみたら全部同じことを指してました。三神の国は今から四千年ほど前に実在した国で、一つの町と二つの村から成り立ってる。町村のいずれにも、それぞれの名の由来となった神が存在する、です」

「私が見つけたのとおんなじか。でも中には、詳しく書かれてる本があったわよ。ほら、この本。借りるつもりだったけど、あんたのためならって受付の人がくれたのよ。ここには、今あんたが言ったこと以外に、その町村の名前が載ってたわ。インカ村、ライト村、サラ町と呼ばれてたそうよ」

恵美が本の一ページを指しながら言った。途端に美由樹が大声を張り上げ、恵美がシイッと注意する。

「す、すみません。どっかで聞いた名だなと思ったら、フロルさんとよく一緒にいるあの人たちのことが頭をよぎって、つい声が」

「ここは食堂よ。気をつけなさい。ま、驚くのも無理ないけど。あんたが世界大四天を知ってるってことは、真がタイムスリップしてきたこともう知ってんでしょ？」

「加藤の家族に会ったとき、加藤の兄さんが教えてくれました。真が過去から来た人で、そのせいで年を取らなくなったって。それを聞いてとても驚いたのを覚えてます」

「私だって、あいつの姉から聞いたときは驚いたわ。でも、それ以上はなんも教えてくれなかった。だからあんたと調べたんだけど、まさかそんな名前の町村があったなんてねぇ」

「フロルさんに、このことを聞いたことがあるんですか？」

「もちろん。でもすぐに別の話題にすり替えられたの。真に聞いたら、昔の記憶はないからわかんないって。そこで私はあいつが記憶喪失なのを知ったの。ただこの本も、さっき言った以外のことはなんも書かれてなくて。まるでどっかから圧力をかけられたみたく、ほかのと同じで個人を特定する記述を避けてる印象を受けたわね」

「そうなると、やっぱ真は謎の奴ってことで終わるんですかね」

「せっかくここまで調べたのにね……よし、こうなったら仕方がないわ。美由樹、今日はとことんつき合うと約束したわよね。じゃあ、またつき合って」

「いいですけど、もうこんな時間ですよ。どこに行くんですか」

「もちろん決まってんでしょ。あいつの姉のとこよ」

「フロルさん？　って、えええぇッ!!」

＊

「……ってのが、私たちがここへ来た理由よ。これでおわかりいただけたかしら？」

大食堂から離れた場所にあるフロルの部屋で、ベッドに座りながら恵美が言った。フロルは、椅子の肘掛けに肘を突き、見たこともない微妙な表情をしている。美由樹は二人の様子を、フロルの向かいにある椅子に座りながら窺った。

「理由はわかったわ。あなたたちがそこまで調べたのには花丸をあげる。でもここから先はプライベートエリアよ。それに今は自室で待機のはず。美由樹まで巻き込んで、あなたはなにをしようというの」

「美由樹は私の助手よ。それにそいつは私の正体を知っちゃって、いつ口を滑らすかわかんないから、こうして見張ってんのよ」

「なッ。美由樹、あなた、恵美の正体を知ってしまったの？　偶然、それとも故意？」

「あ、その、夜更けにたまたま目が覚めて、声が聞こえるので行ってみたら恵美さんと真が話してるのを見つけて。つい好奇心で」

「ハア。その好奇心、どうにかしないと駄目ね。即刻直さないと、聞いちゃいけないことまで聞いてしまうわ。まあ、あなたは元からそういう質《たち》らしいから、こちらはどうしようもないけど、あなたたちが聞こうとしているのは、本当に聞いてはならないことなの。真は、美由樹にだけは過去を知られたくないと思っているのだから」

「それでも聞きたいのよ。あいつは私の過去を知ってて、誰にも言わないでくれてる。だから私も、あいつの過去を知りたい。知ったからには誰にも言わない。美由樹もそう。こいつは約束を守る。知るときが来たのよ。それが育ての親でも、親の過去を知らない子が世の中にいて？」

　恵美が美由樹に歩み寄り、彼の肩に手を置いてフロルを見る。

「いるかもしれないでしょう？　世の中にはたくさんの人がいるわ」

「知ってる人も大勢いるかもしんないでしょ。それともあんた、過去を知られんのがそんなに怖いの？　過去を知られたからって、今さらなにが起きんのよ。なんも起きないじゃない」

「起きないとは言い切れないわ。あなたが、闇の守護者であることは伏せているように。それを誰にも教えないのは、それを聞いたみんなの心があなたから離れ、差別してくるのを恐れているから。私もそう。でもそれ以上に私には守るべき者がいる。姉として、あの子がこれ以上傷つくのを黙って見ているわけにはいかないのよ」

「差別する奴がどこにいんのよ。私もたしかに守護者んことはみんなに隠してるし、過去を知られんのは嫌よ。でも過去は戻ってこない。未来はやってくる。そんために私たちは知り合う必要があんの。話を聞いたとこで誰もあんたを責めないわ。あいつんことも傷つけない。絶対にそうさせないから」

「恵美……なら、その前に、美由樹にちょっと質問させて。これから話すのは、決して明るくも楽しくもない出来事で紡がれたお話なの。それでもあなたは聞くことを選ぶ？」

「はい。俺が真の過去を知ってくれたみたいに、俺もあいつのこと知ってれば、昨日長老様に詰め寄られたとき、あいつが俺にしてくれたみたいに、俺もあいつのこと守れると思うんです。そのためにも、まずはあいつのことを知る必要があると俺は考えます。だからお願いします。俺にも聞かせてください」

「そう。やっぱり、あなたは強い子ね。あの子も、そんなあなただから、自身の轍《てつ》を踏ませないように、ああも手塩にかけているのでしょう。そんなあなたの心意気に免じて、いいわ、教えてあげる。あの子は……シャイカはね、五つの魂を黄泉《よみ》より蘇《よみがえ》らせるために、この星を壊そうとしたのよ」

フロルが遂に口を割った。目を瞠る美由樹と恵美をよそに、彼女は決意したように無言で頷くと、真の過去について語り始める。

第六章　三神《みかみ》の国

フロルの話は、今から四千年ほど昔。世界がまだ戦争という言葉を知らず、人々には平和な暮らしが約束されていた時代まで遡る。

三神の国は、現代にて人魚姫が住む西海《さいかい》の東側で発展した一国家である。美由樹と恵美が図書館で調べたとおり、町一つ、村二つから構成されている。位置関係は、西海を右手に、北側にインカ村、南側にサラ町、西海の真横にライト村があり、それらの町村の間にはどこまでも続く湿原があった。

インカ村は、西海の北側に延びる大河に人為的に造った、大小四つの中州（島）からなる村だった。島々の周りは背の高い壁で囲われ、唯一の往来場所として橋が一本架けられていて、各島の長から許可をもらった者しか通れなかった。島のうち三つには、黄金島《こがねじま》、紅《くれない》島《じま》、紫紺島《しこんじま》と名がつけられていて、そこに住む村民は各島の色の服を着て、黄金島には若年層、紅島には中年層、紫紺島には高年層といった形で、年齢で住み分けがされていた。

なぜ年齢で住む場所を分けていたのかは未解明のままで、古代ミステリーの一つとして研究者たちが日々謎解きに挑んでいる。しかし村の風習よりもっと謎だったのは四つ目の島、インカの島だった。そこは竹林に覆われた島で、ほかと比べると極端に小さく、紫紺島からしか入ることができなかった。また紫紺島の長しか島に入ることを許されず、その理由は、島の中央にある一つの社に関係していた。

そこには一人の神が祀《まつ》られていた。神といっても元は地上で生きる青年で、茶色がかった緑色の髪が特徴の彼は、村の発足に尽力した功績を称えられて神職の座を得て、まだ名を持たなかったその島で一人、神への祈禱《きとう》と、持ち前の予知能力を使って占いをしていた。しかし心労が溜まって病に倒れ、帰らぬ人となってしまう。人々はそんな青年への恩義から、彼を村の守り神として崇めるようになり、誕生して間もない村の名に彼の名を残す。そう、その青年こそ世界大四天の一人、インカなのであった。

インカにはコナラという弟がいた。研究者の中にはコナラをインカの弟と認めない者も多いが、その理由はコナラが、インカが亡くなって四十年後に、突如としてインカの島の社に現れたからである。あるとき、無人のはずの社から赤ん坊の声が聞こえることに気づいた紫紺島の長が中を覗くと、彼を発見。面立ちや髪の色がインカにそっくりで、彼にもインカと同じ力が宿っていたことから、長は彼をインカの生まれ変わりとして育てることにした。しかしそれだと決まりの悪い感じがしたので、コナラにインカの弟という肩書きを授け、インカと同じ役目を担わせたというのが、フロル曰く実状らしい。

一方、サラ町は、西海の南側に延びる大河の上にできた島にあり、外国に対して非常にオープンだった。三神の国で唯一の市場が町の中心部にあり、市場では町の特産である魚介類のほか、外国からの輸入品などが売られ、それらを買い求めに様々な場所から人が集まっていた。町に住む人々も多種多彩なルーツを持つ者で彩られ、皆平等に楽しげに暮らしていた。

町民たちがそこまで明るいのは、ある女性の性格に由来していた。その女性は活発で、男勝りな気があり、インカたちと同じ力を宿していたが、なにより踊るのが好きで、町が誕生する以前、大河の上にできたぬかるみだらけの島を、三日三晩踊り続け踏み固めた逸話が残っている。彼女のおかげで島に町を築けた人々は、彼女の病死後、その名を町名に据え、年に一度の頻度で露店を出したり、花火を上げたり、音楽を流して踊ったりと、彼女の功績を祝す祭を行った。そう、その女性こそが世界大四天の一人、サラなのである。

インカにコナラ、サラと続くと、最後に残ったライト村は、文字どおり世界大四天の一人、ライトが守る村となる。ライト自身も前者たちと同じ役目を担い、インカやサラと同時期に亡くなるも、二人と同じで人々からの信頼は厚く、女子からはモテた好青年だった。

そんな彼が治めていたライト村は、西海に突き出るようにしてあった、岬の上に築かれた村だった。面積としてはインカ村より小さく、サラ町を都会、インカ村を原始村とするならば、ライト村は田舎と表現したところか。人々は畑を共有し、穫れた農作物を分け合うなど、自給自足の生活を送っていた。

この村でも、サラ町のような祭事が開かれていた。といってもこちらは、非常に厳かで、かつ宗教色が強い国家祭事で、贄《にえ》の儀式と呼ばれていた。ライト村の長老が、国民の中から贄となる者を一人選ぶ。選ばれるとその者は、儀式の一週間前からライト村の長老宅で禊《みそ》ぎのために監禁され、儀式当日になるとライト村の右手の、荒海《こうかい》と呼ばれた湾にある岩へ連れていかれ、聖砦《せいさい》と呼ばれる上部が平たい岩の上に座らされて、そこでライト村の男衆から経を聞く。この経は呪詛《じゅそ》――研究者たちからは死言《しゅ》と呼ばれている――で、言霊の力で生気を吸われた贄は聖砦の上で絶命し、海の藻屑《もくず》となって荒ぶる海を鎮める。その効果が切れ、荒海が再び荒れだすとまた贄が選ばれ、ライト村の男衆により非公開で儀式が執り行われた。

贄は誰が選ばれるかわからなかった。ライト村の長老のみぞ知り、長老の言うことは絶対で、たとえそれが血を分けた兄弟や親族でも、老若男女、年齢を問わず選ばれれば、誰もそれに逆らえず、その者を贄として引き渡すしかなかった。儀式をやめさせたくとも、国の伝統であるために今さら止めることができない。三神の国が誕生してこの方、国の象徴としてインカとサラ、ライトの遺骨が一箇所に集められ、ライト村の奥に聳える三神山の、トンネルを抜けた先にある三神神社に奉納されても、その伝統は絶えることはなかった。

そして三神神社が、贄の者しか入れない禁忌の場となったころ、三神と謳《うた》われた彼らの、最後の親友がこの世に生を受ける。その者こそ、現代にて美由樹と恵美に三神の国についてて話しているフロルなのだった。

第七章　誕生

フロルは、ライト村の長老家に長女として生まれた。彼女もライトたち同様、生まれながらにして予知能力を持っており、彼らと共通する大鏡を用いて未来を占っていたが、そのほかにも国の中で最も強い光の力を持っていた。後にそれが次元を操る力に変わるのだが、当時の彼女はまだそのことを知らなかった。

フロルは幼少期から活発だった。村民からの信頼は厚く、中でも祖父の長老からはとてもかわいがられ、礼儀作法や勉学のほかに、三神の国やほかの町村のこと、儀式のことなど様々な事柄を伝授される。またフロルは、魂という形で世に留まっていたライトたちの預言者として、禁断の三神神社に唯一立ち入りを許されていた。そして長老のみならず、周囲の人々から次期長老候補として名を挙げられ、本来なら男しか参加できないはずの贄の儀式にも、執行人の一人として参加を許可されていた。

そのことを彼女は、初めはなんとも思っていなかった。村の長になる気満々でいた彼女は、友人が贄に選ばれても悲観することなく、反対にその友人を突き飛ばし、儀式当日には率先して死言《しゅ》を唱え、友人の命を海に捧げた。当時のフロルは後悔という言葉を知らず、長老のためならなんだってした。長老も、彼女の忠誠心に満足し、どんなときも彼女を自分のそばに置いていたという。

そんなフロルが儀式を怖く感じ始めたのは、十歳になるかならないかのころだった。出先から自宅へ帰った際、金髪の女が玄関に立っているところに出会《でくわ》す。女が白装束だったのを受けて、フロルは女が贄に選ばれたことを知る。贄に選ばれた場合にその者は、その時点で村のしきたり上、尊厳が保障されている人ではなく、ライト村の長老の所有物になるので、普段なら犯罪となる差別も、贄にする分には犯罪にならなかった。フロルも、贄に対してなら、普段は言わない罵詈雑言《ばりぞうごん》を吐くことがあったが、このときはなぜかそれらの類いがすぐに出てこなかった。心に浮かんだのは悲哀の二文字だけで、フロルはなぜ彼女にだけそう思ったのか疑問を抱く。初めて湧いた感情なだけに、女にどう接すればよいかわからず、とりあえずその場は女の存在を無視するに留め、自分の部屋に駆け込んだ。

しかしフロルは、女の存在を完全に無視することができなかった。フロルの部屋は中庭に面した場所にあり、その庭には贄を監禁する小屋があった。一つしかない窓には格子がはめられ、扉も外側から施錠され、中から開けることができない。贄は儀式の当日まで外出を許されず、このときも女はその小屋に閉じ込められた。そのためフロルは、自室を出入りするたびに女を否応なく見ることになり、初めに抱いた感情から彼女を恐れ、駆け足でその場を去ることを繰り返した。その様子を女も格子の隙間から見て、それは悲しげな、一方で愛想のある目でフロルを見つめていた。

女が来てから五日が過ぎた。六日目の夜。風呂から上がって自室に戻ろうとしたフロルは、ふとどこからか歌声が聴こえるのに気づく。遠い昔に聴いたような、とても懐かしく感じるその歌にフロルはすっかり聴き惚れ、それが中庭のあの小屋から聞こえることを知ると、人目を忍んで小屋へ歩み寄った。壁に開いたネズミ穴から中を覗き込み、そこで彼女は、贄の女が、茣蓙《ござ》の敷かれた床に正座して歌っているのを見る。

儀式の前夜だからか、女の顔は悲しみで溢れていた。しかしその歌声だけは、人としての温もりをきちんと保持していた。今までフロルが見てきた贄たちは、儀式が近づくにつれて自暴自棄となり、部屋から脱しようと暴れたり、舌を噛んで自害しようとしたりした。実際に死んだ者もおり、贄になる恐怖がその者の精神を崩壊させるのを、フロルは嫌というほど見てきた。

しかしこの女は違った。己の宿命と真摯《しんし》に向き合い、最後のその瞬間まで生きることを諦めようとしなかった。決意に揺れることもあっただろうに、前を向き、人なる心を忘れずに歌い続ける女を見て、フロルは心に衝撃を受ける。

そしてフロルは、女の歌を最後まで聴いてすべてを知り、涙した。女はフロルの母親だったのだ。フロルが彼女を知らなかったのは、自我が目覚める前に、長老により彼女から引き離されたからだった。母親は湿原にある社――時神《ときがみ》神社と呼ばれていた――の巫女《みこ》で、フロルの父親と内縁関係にあったが、十年ほど前に一度、贄に選ばれていた。しかしそこで彼女がフロルを身籠《みご》もっていることが判明し、フロルが成長するまでの間、贄となる時期を特例で延期していた。そしてフロルが涙したあの歌は、彼女が赤ん坊のときに聴いた子守唄であり、彼女が成長し、母の存在が不要になったと見た長老の指示で、母親の贄の儀式が執り行われることになったのである。

母親が殺される。フロルが内心で叫んだ。今までフロルは、長老から、母親は死んだと聞かされていた。長老はしきりに母親の存在を隠そうとしており、その理由をフロルはずっと考えていたが、今こうして母親を目の前にしてそれを悟る。母親は、フロルより強い光の力を持っていた。その力の存在を恐れた長老が、フロルの誕生以前に贄に選び、フロルにそれと悟らせないまま、母親を殺させようとしていたのだ。

そのことを知ったフロルは、そのとき初めて、今までの自身の行いを悔いた。そして彼女は、少しでも償えるならと、母親救出を決意する。助けたあとは二人でどこかへ落ち延び、一生を懸けて彼女に尽くす。長老とのつき合いもこれまでだ。フロルは、朝日が昇り、儀式当日を示す笛の音を聞いても、女の元を離れようとせず、そばに居続けた。

しかし、当時のフロルはまだ子供だった。村の男衆、それも大の大人を数十人も相手取るには力不足だった。おまけにフロルは、自身の力で他者を攻撃したことが今まで一度もなかったので、父親に取り押さえられ、母親の連行を阻止することができなかった。

長老と男衆により荒海へ連れていかれる母親を、フロルは父親の手を振り切り、追いかける。なんとか集団に追いつき、長老の足にしがみついて儀式の中止を頼んでも、長老は受けつけてくれず、彼女を蹴飛ばし、道を進んだ。こうなれば魔法を使うしかないと、集団の行く手に壁を出現させるも、長老の魔法で呆気なく壊されてしまう。それでもフロルは対抗するが、やはり長老には敵わず、すべて打破され、どうすることもできなかった。

母親は、二人の男と小舟に乗り、荒海を渡っていった。フロルはそのあとを必死に追いかけるが、海に飛び込む前に再び父親に取り押さえられてしまう。

母親が死ぬ。目の前で音もなく逝ってしまう。助けたい。助けて二人で落ち延び、幸せに暮らすのだ。それが罪滅ぼしだと、彼女は父親の腕に嚙みつき、彼が怯んだ隙に海へ駆け出す。涙ぐみながら母親を呼び続け、荒波に揉まれ、行く手を遮られても、最後まで諦めずに彼女の元へ行こうとする。

しかしその前に、母親は逝ってしまった。フロルが腰まで海水に浸かったとき、海がドクンと鼓動する。ハッと振り返ると、遠くを見据える長老の姿があった。自分が駆けつける前に死言《しゅ》を詠み上げたのだ。目を瞠るフロル。再び海へと視線が移され、彼女は聖砦に正座していた母が、音もなく倒れるのを見る。

間に合わなかった。フロルは愕然《がくぜん》とする。荒波に足を取られ、慌てて父親に浜へ上げられるも、彼女は母親から目を逸らさず、その場に膝を突いた。助けられたはずの命。自分がもっと強ければ、母親を死なせずに済んだのにと、フロルは声を荒らげて泣いた。父親が腕を摑み帰宅を促しても、梃子《てこ》でもその場を動かず、今までに経験したことのないくらいにワンワンと泣き喚く。そんなフロルに嫌気が差したのか、長老が痛いぐらいの強さで彼女の腕を摑んだ。力に圧倒された彼女は、引き摺《ず》られる形で連れていかれそうになる。

まさにそのときだった。聖砦から、海風に乗って赤ん坊の泣き声が聞こえてくる。ンギャア、ンギャアッと、荒波の音にも負けずに元気よく泣くその声を耳にするや、浜にいた者たちは一斉に海を振り返り、フロルも顔を上げた。

母親のいる聖砦から声が聞こえる。赤ん坊があの砦にいる。母親が産んだのだ。フロルは、目を丸くしている長老の手を振り払い、海に歩み寄った。すると海が割れ、一本の道が現れる。道は聖砦に続いており、道を駆け出したフロルを見て、長老が我に返り、男衆に連れ戻すよう命じる。しかし彼らが追いかけようとした途端に、海が波で道を塞いだため、今度は長老が愕然とした。フロルと同じく膝を突き、頭を抱えて嘆いた。

そこへまた海が割れた。あの道が現れたと思えば、海の中に消えたはずのフロルが、ゆっくりと浜に向かって歩いてくる。腕の中には、彼女よりも一際輝く金髪をした男の赤ん坊が眠っていた。海が元に戻り、母親の亡骸が海底へ消えても、フロルはそれに見向きもしなかった。赤ん坊をあやしながら、家への帰路に就くだけだった。赤ん坊から発せられるオーラに男衆が退いたことも、長老が膝を突いていることも、彼女の視界には入らなかった。

フロルはその赤ん坊を、弟としてとても愛した。そしてどんなに周りから反対されようとも、彼女は赤ん坊を自分の思いとともに育てると誓う。母親にできなかった罪滅ぼしを、この子を育てることで償いたい。そう思いながら姉は、かわいく欠伸《あくび》をした弟の額に口づけをする。

赤ん坊は、生まれた経緯や場所から『シャイカ』と名づけられた。光《ライト》語《ご》で聖人という意味だが、神なる光という意味も秘められていた。そう、この赤ん坊こそ、後に美由樹の育て親となる光真なのである。

＊

真がそのような経緯で誕生したことに、フロルの守護霊となっていたライトたちは哀れみを感じていた。未来を見る力を持っていたので、彼らは、真が未来で起こす出来事をこのときフロルに伝えておくべきだったのかもしれない。しかし彼らはあえて口を噤む。真をあやす彼女がとても幸せそうに見えたからだ。彼女は、未来を予見できなくなった代りに、真から発せられる光の影響で次元を操る力を手に入れたが、当時の彼女はそのようなことに関心はなく、真の育児に専念する。

フロルの話を聞いて、美由樹は過去に真から、彼が差別を受けていたのを聞いたことを思い出した。彼が現在住んでいる自然の森には、そのような経験をした者たちが数多くいるが、フロルの話では真は、それとは比を見ない、犯罪紛《まが》いの差別を受けていたらしい。

真は、贄の儀式の最中、聖砦で生まれたとあり、国の存亡を著しく害したとして、国全体から存在を否定された。元より贄は人権が保障されておらず、ライト村の長老の所有物であるため、真も身分としては彼の所有物、いや、それ以下だったとフロルは振り返る。真にとって味方となっていたのは、フロルと、インカ、ライト、サラの三人、同い年のコナラ、インカ村の紫紺島の長老だけだった。

真が受けた差別の中で、フロルを悩ませたものが三つあった。一つは食事で、赤ん坊は当然ながら母親の乳を主食とするが、真の母親は死んでいるため、フロルは近所から牛の乳を分けてもらおうとした。しかし村民たちは、犯罪者に与えるものかと、牛の乳を一滴も分けてくれなかった。

もう一つは周囲からの視線だった。それまで友好的だった村民たちが、突然態度を翻し、冷ややかな目で見てくるようになる。しかもそれは真のみならず、フロルに対しても向けてくるので、さすがの彼女もこれは精神的に応えたらしい。

しかし、それらよりももっと彼女を困らせたのは、真に対する陰湿な虐《いじ》めだった。石や泥団子、家畜の糞《ふん》を投げつけられたり、泥塗れ糞塗れになると失笑が漏れたり。ほかにも、部屋を土足で荒らされる、道端で転ばされる、落とし穴にはめられる、崖から突き落とされる、目を離した隙に攫われそうになるなど、様々な虐めを受けた。酷いときには自分たちの食事に毒を盛られることもあり、それでもフロルは耐え続けた。服が泥や糞で汚れようが、全身傷だらけになろうが、真が無事ならなんだってよく、彼の笑顔を見られることが、フロルにとってなによりの励みになっていたからである。

一方で、彼女の守護霊たちはそれを許さなかった。現し身を持たない状態だったので、直接なにかをすることはできなかったが、弟が生まれただけで虐めに遭うフロルを哀れに感じた彼らは、インカの島へ避難し、そこで真を育てるようフロルに提案した。フロルは、自分が生まれ育った村で真を育てたくて誘いを断ったが、日に日にエスカレートする虐めが祟《たた》り、熱を出して寝込んでしまう。ライトたちはそのタイミングで、紫紺島の長老に使いをやって、フロルと真をインカの島へ運び込んだ。

それからは実に平穏な日々が続いた。紫紺島の長老が昼夜を問わず介抱してくれたおかげで、フロルの熱は下がり、元気を取り戻した。真もコナラと仲よくなり、そのおかげか健やかに成長する。

そのころになってフロルは、真の特異気質に気がついた。いつも一緒にいるコナラの影響か、真がすぐに三神の国の三大言語であるサラ語、インカ語、ライト語——インカ語は後に闇語《ダークセイド》と、ライト語は後に光語《ライトご》として世に伝わる——を覚え、コナラと時同じくして、すぐに言葉を話せるようになる。自我の発達が早く、簡単な魔法ならまだしも、難しい魔法も簡単に覚えてしまった。腕試しにと、紅島の剣豪を呼んで模擬戦をしたときには、手加減すれば剣豪が負けてしまうほど互角に戦ってみせるなど、周りの者が驚くほど劇的な成長を遂げる。また彼は、大きくなるに連れて体内の光の力も強くなっていった。彼が六歳になるころには、フロルや母親のそれを飛び越え、八歳になるころにはその力は国一番となる。

真も成長し、祖父から帰省を促す手紙を受け取ったフロルは、自分たち、殊に真を受け入れるのを条件に帰郷することにした。ライトたちからは反対されたが、なにかあればすぐに三神神社に行く約束をする。真は、幼いころの記憶があったので心配したが、姉とともに村へ戻った。

村は以前となんら変わりなかった。変わったのは、糞を投げたり、毒を盛ったりするなど、真への陰湿な虐めがなくなったことだろう。ただそれは表向きだけで、泥を投げる、わざと肩をぶつけて転ばす、陰で悪口を言う、ばい菌扱いするなど、虐めは続いていた。そんな行為を真は連日受け、それでも彼は、姉が耐えた以上に耐え続けた。外から帰るたびに怪我をしてくる自分を心配するフロルには、転んだと嘘《うそ》をつき、平静を装う。フロルはそんな弟の気遣いに涙が湧いてきて、彼が嘘をつくたびに彼を抱き締め、涙した。

そんな彼女たちに、またもや不幸が降りかかった。村で、家畜が殺される事件が起きたのである。日を重ねるごとに、村にいる家畜が次々と殺されていった。やり口が残忍で、犯人は不明。家畜を失った悲しみや怒りから村民たちは、犯人捜査に乗り出し、事件の首謀者は真だと口を揃えて言い始める。もちろん真は無実潔白だったが、真がいくら訴えようと、フロルも無実の声を上げても、村民たちは聞く耳を持ってくれなかった。そしてあろうことか、真を贄の候補にと長老が名を挙げてしまったのである。

長老は、真が生まれてからこの方、ずっと彼のことを考えていた。母親には妊娠の兆候は一切なかった。また死言《しゆ》はすべて詠み上げても二分ともかからない。そんな一瞬のうちに、しかも命尽きる前に子を産むことなどできるのだろうか。魔法を使ったのかもしれないが、魔法は魔力を削って召喚するもの。魔力は体力の有無に大きく左右されるといわれており、体力を使う出産をしながら、魔力は使えないはずである。それならばなぜ母親は子を産めたのか。長老にはそのことが謎で仕方がなかった。

謎と言えばもう一つあった。真の光の力があまりに強すぎることだ。彼が自分たちの前に姿を現したとき、自分たちはそのオーラに目が眩んだ。彼の姉であるフロルや、その母親のよりも強い光の力。あの強さはなんだ。一体どこから来るのだろうか。

　いや待てと、長老が自身の心を制する。そういえば自分は、彼の光がなぜ強いか、理由を知っているではないか。彼が生後間もないころ、フロルが彼をあやしていることに腹が立ち、自分はその手から彼を奪い取った。直後に、手に激痛を感じて彼を滑り落としたが、その際に自分は彼の額に、三神の国以外のどこにも存在しない印が浮かぶのを目撃したのだ。三神が崇めたという、神が地に降臨したときに記された印を。真の身に有事が起きると現れる様は、まさしく神なる光《シャイカ》。神の印を内に宿し、天より遣わされた神の使い。そのような者を贄に選べば、神から罰が下るか。いや、手塩にかけたフロルを自分から奪った真が消えれば、フロルは自分の元へ戻り、今より忠実になってくれるはずだ。村民たちもそれを望んでいる。長老は遂に決断を下し、真を贄に選んだ。それによって真は、この日から昔のような待遇を受ける羽目になる。

　フロルは、長老の決断に断固反対した。ライトたちも胸を痛め、コナラを使いとして村に来させ、真の隠匿《いんとく》を頼んだ。コナラははじめ、真をインカの島へ連れていこうとしたが、真から姉のそばにいたいと反対の声が上がる。村の中で人が寄りつかず隠れられる場所と言えば、村の奥の高台を上った先にある三神神社ぐらいだが、そこだと村民たちに、隠れ家として真っ先に疑われてしまう。千思万考の末、コナラは真を高台の麓の祠に隠した。祠は三神神社の分社で、三神の像が収められていたため、人々は前を通る際はお辞儀こそすれ、祠の戸を開けたり、中を覗いたりすることはしなかった。おかげで真は、血眼で彼を探す村民たちの目から隠れることに成功する。

日の高いうちは、祠の奥で音を立てないよう身を隠し、夜になると表に出て、コナラが差し入れてくれた野菜や米などを食べる。彼の全面的な支援もあって、真はなんとか餓死を免れていたが、外の状況がわからない生活がいつまで続くのか不安で、次第に食欲がなくなっていった。フロルのことも、彼女が元気であることはコナラから聞いていたものの、自分の目で確かめたい気持ちでいっぱいだった。

毎日が当たり前に過ぎる中、当たり前でない生活を余儀なくされた真は、長老たちとの和解を夢見るのを諦め、贄の儀式が早く来ることを望むようになった。このような生活を送るなら死んだほうがマシだ。そうすれば村民たちに迷惑をかけることはなくなり、フロルも熱で寝込んだりしなくなるはず。自分のせいで人生を棒に振っている彼女を自由にさせるには、自分が消えるしかない。ならせめてその前に感謝を伝えなければと、真は、それからというもの、夜な夜な村の中を徘徊するようになる。人に見つかり、追われることもあったが、命尽きるその日まで、自分が生まれ育った村を目に焼きつけ、また姉への感謝の気持ちを伝えるため、以後も外出をやめなかった。

真がそのような生活を送るようになったのは、彼の命運を分ける事件から一年前のことだった。しかし当時の彼は、近い未来で事件が起きることなど、これっぽっちも知らなかったのである。

第八章　世界の割れ目《ワールドリフト》

『世界の割れ目《ワールドリフト》』。それは、今もなおポロクラム星の大地に残る、自然災害の傷跡を指した言葉である。割れ目とあるように、その傷跡はポロクラム星を二分するように走っている。傷跡を境に、ポロクラム星の大地も、ポロクラム星に住む人類と同じく光と闇で分かれており、光の大地は表星《おもてぼし》と、闇の大地は裏星《うらぼし》と呼ばれていた。

三神の国があったころは、大地は今のように二分されていなかった。三神の国が滅んだ辺りから、世界は現在のように光と闇で分裂する。なぜ世界は分裂したのか。その前に、三神の国はなぜ滅んだのか。フロルの話を聞いていた美由樹と恵美は、その理由をフロルに問うた。フロルは、三神の国の末期に自然災害が起きたことや、それによって三神の国が滅んだこと、さらにはワールドリフトが、傷跡という意味だけでなく、その自然災害そのものを総称する言葉にもなっていることを教えてくれた。

加えてフロルは、歴史書にも載っていない事実を二人に語る。三神の国を滅ぼした、そのワールドリフトを起こした犯人が真だというのだ。そう、真は、自らに宿る光の力を暴走させ、ポロクラム星を破壊しようとしたのである。

それは、ワールドリフトが起きる三カ月前のことだった。ある晩真は、日課となっていた散歩に出る。この日は夕刻に居眠りをした関係で、普段より遅い時間に出ることとなった。

それが功を奏した。いつもの時間に出ていれば、村民たちに見つかっていたからである。このころの彼らは、贄の儀式の日が近いこともあって警戒心が増しており、怪しいと睨んだ場所にはすべて立ち入り、調べ上げた。真の隠れ家である祠にも調査の目が入るが、三神の像に恐れをなしたか、戸をそっと開けて中を確認するだけで、すぐに撤収した。三神の像の後ろに身を屈めて隠れていた真は、なんとか見つからずに済む。

そして真は、日課のとおりに出掛け、高台までやってくる。そこは、ライト村だけでなく、インカ村やサラ町など、三神の国全体を眺められる絶景ポイントだった。彼は、散歩に出れば決まってここを訪れ、叢《くさむら》の絨毯《じゅうたん》に腰を下ろし、日が昇るまで景色を眺めた。高台となれば村から目立ち、村民たちに見つかる危険があったが、高台の後方に三神神社へ続くトンネルがあったので、村民たちは畏れ多くて近づこうとも、その前に高台を見ようともしなかった。おかげでそこは、真にとって憩いの場所となっていたのである。

そのような場所でも、やはりいつかは人に見つかるものである。真がこの日、いつものように来たとき、彼はそこに先客がいるのに気がついた。

先客は見知らぬ男だった。村の外から来たのか、村にはない服を身にまとい、風に靡《なび》く黒髪を後ろで結わえている。黒い真珠のような瞳に、年は青年といったところだろう。地面に片足を立てて座り、膝には黒いマントのようなものがかかっている。真の存在に気づいているようだが、空に浮かぶ月があまりに美しくて、それから目が離せられなくなっていた。どうやら彼もまた、魔界の星に心奪われた者のようである。

彼と同じく月の魅力にはまっていた真は、しかしそのときは男を注視していた。村民でないとはいえ、許可なく自分の場所を横取りした彼に、本来ならば怒るはずが、哀れみを抱いた。なぜそう思ったかはしれない。男が独りぼっちで月を眺めているためか、それとも男の目から光るものが流れるのを見たためか。真は、心に湧き上がった感情に居ても立ってもいられず、男に歩み寄り、隣に座った。男は月を眺めたままだった。真も彼に倣って月を見る。月が西の果てへ沈み、入れ替わりに太陽が顔を出しても、彼らは終始無言でそれを眺め続けた。

ふと真が我に返る。太陽が昇る前に祠に戻っていなくてはならないからだ。しかし彼は、そこでハッと気がついた。自身が高台から祠の中へ移動していたのである。

自分の足で移動した覚えはなかった。ということは、自分は太陽が昇るのを見て寝落ちしてしまったのか。いや、それもない。たしかに自分は高台で、目をしっかりと開いて、謎の男とともに景色を眺めていた。

もしかしてあの男が、自分を祠まで運んでくれたのか。あの男は何者だろうか。自分が贄に選ばれたのを知っているのか。自分が贄になったことで、家畜の連続殺人事件がピタリとやんだのは、もしやあの男のせいか。いや、彼は犯人には見えなかった。となれば彼は一体何者で、どこからやってきたのか。真は、男の姿を見てからずっと、彼のことを考えるようになった。

また夜が来た。真は、昨日と同じ時間に外へ出て、寄り道をせずに高台へ向かう。男は昨日と同じ場所に座っていた。曇天でも、曇の隙間から見える星をすべて捉えようと、無言で天を仰いでいた。目にはまた涙が溜まっており、真は再び無言で彼の隣に座ると、彼と一緒に空を眺める。そうしているうちに朝が来て、鶏の鳴く声で真は、自身が再び祠へ戻されているのを知る。

男の姿ももちろん消えていた。真は、彼に会うと無言になる自分がいることに気がついた。次会うときは男に自ら話しかけると決心した彼は、再度夜が来るのを待ち、昨日と同じ時間に高台へ向かった。

この日は月も星も見えなかった。雲一つない晴天のはずが、黒いベールでも被っているのか、とても静かである。いつもの空でないことに不安を抱きつつも、真は歩く足を止めなかった。

男はいた。月も星も見えないのに空を眺める。一方で今回は、涙を浮かべていなかった。そのときになって真は、男が中高年ぐらいの年であるのに気づくが、そのようなことはどうでもよかった。今日はただひたすらに、男を観察するだけである。

男が不意に手を空へ翳した。すると空が波打ち、黒いベールが取り払われる。裏に隠されていたのは、夜空にちりばめられた無数の星。その日が新月だったからか、それらはいつにも増して煌めいて見え、一本の川となって夜空を縦断していた。目を瞠る真。あまりの美しさに口を閉じるのも忘れ、しばしそれを眺める。

ふと目線を落とす。男がこちらに手招きをしていた。真は、男に対する違和感も忘れて隣へ行き、いつものように座る。男が黙って真を振り向き、真も彼を見て、ごくごく自然な形で彼に話しかける。

「これ、おじさんがやったの？」

「ああ。君に、どうしても見てもらいたかったからね」

「なぜ？」

「私を信じてくれたからだ」

「なぜ、僕がおじさんを信じたとわかったの？」

「わかるさ。私は泣いていたのだから」

「本当にわかったの？」

「もちろん。私は理解できる男だからね」

「……意味がわからない」

「ハハッ、そうだとも。それが正しい。君は実に賢《さと》い子だ。わからなくて当然のことを君は知っている。それでいいのだよ」

男が、さほど大きくもない声で笑った。

「おじさん、誰？」

「私かい？　私は、そうだな、『おじさん』としておこう」

「変なの」

「ハハッ、たしかに変だな。だが今は、おじさんと呼んで欲しい」

「わかった。僕、おじさんを『おじさん』って呼ぶ。そう呼んで欲しいと言ったから。おじさんはどこから来たの？」

「遠い場所だ。ここからはさすがに見えない」

「見えないくらい、遠くにあるの？」

「見えないくらい遠くにあるが、それほど遠くにあるとは限らない。だが君には見えないところにある」

「そうか。そうだよね。僕、まだ子供だから」

「だが君は、もう子供ではない」

「でも子供と考えていたほうが、大人に見つからないから」

「辛いのかい？」

「仕方ないんだ。僕は、生まれてはならない子だったから」

「自分が嫌いかい？」

「ウウン。シェイル姉さんが好きだと言ってくれるから、そこまで嫌いじゃない。僕は、姉さんのために、大人から隠れているんだ」

「だから夜にならないと外に出られないのだね」

「うん。おじさんは？」

「私かい？　私も、そうだな、君と同じかもしれない」

「誰かに虐められているの？」

「君と似たり寄ったりだろう。だからここまで逃げてきたのだよ」

「怖いの？」

「なぜそう思うんだい？」

「泣いていたから。今も悲しい顔をしている。心から笑っていない」

「君は、それがわかる子なのかい？」

「おじさんに会ってからわかるようになった。おじさんは僕と一緒だ。僕と同じ気持ちだから、僕はわかったんだ」

「なるほど。そうかもしれないな。納得のいく理由だ」

「本当に？　なら僕も、そんな理由を言えてよかったよ。あッ」

男がさっきとは違う笑顔を見せたので、真は嬉しくなって笑った。しかしすぐに表情を変えて、その場に立ち上がる。

「みんなが言っている。もうすぐ夜が明けるって。太陽が外に出たがっているみたい。僕が帰らないと外に出られないんだ」

「それはいつ、誰から聞いたんだい？」

「今、真上の星から聞いた。こっちにある星も、あっちにある星も言っている。**《万物は時間という川の中で泳ぐ魚。川の流れのように、それには決して逆らえない》**って。おじさん、また会える？」

「君が望むなら、また来よう」

「じゃあ、望む。またお話ししよう。僕の名前はシャイカだ」

「シャイカ、神なる光の子か。ありがとう、シャイカ。また会おう」

男も立ち上がった。彼と会う約束ができたので安心したのか、真はまた眠りへ落ちていく。

朝日が昇り始めた。同時に男の姿が消える。真も祠へ戻されるが、この日の寝起きはとても快調だった。三日前に現れた、不思議な男と話せたからである。


「それからというものシャイカは、そのおじさんという人に会うことを待ち望むようになったわ。中には来ない日もあったらしいけど、毎晩のように来てくれて。その人と話す時間が、シャイカにとってなにより至福のときとなっていたの」

フロルが説明した。美由樹が「へえ」と声を漏らす。

「じゃあフロルさんは、その人と真が夜な夜な密会してるのを知ってたんですね」

「ええ。シャイカったら、自分が贄に選ばれているのを忘れているんじゃないかと思うほどに、その人にドップリだったわ。でも私はその人を信じられなかった。あの子が贄に選ばれ、隠れ家で暮らしているのを知っている一方で、自身の名や出生は教えてくれないし、現れるのは決まって村の高台。それも夜にならないと出てこないって超怪しいわよ。家畜殺しの犯人も不明のまま、私はシャイカに、その人に会うのをやめるよう進言した。でもシャイカは聞き入れてくれず、それが結果としてあの子の首を絞めたの。あの子が夜に祠から出てくる姿を、村民に見られてしまったのよ。そこから先は進展が速くて、翌朝に男衆が我が家に詰めてきて、祖父と一緒に祠へ立ち入り、三神の像の後ろで寝ていたあの子を見つけて拘束。聖砦へ連行したの。まさかそのとき、村の外で大変なことが起きているとは知らずにね」

フロルが矢継ぎ早に言った。席を立ち、冷蔵庫から水の入った瓶を取り出して、それを一気に飲み干す。

「シャイカは運がよかったのよ。でなかったらあの子は、そのとき祖父たちに殺されていたんですもの。あなたたちは、三神の国がどうやって滅んだか、さっき話したから覚えているわよね」

「たしか、地震とか嵐とか洪水とか、自然災害が立て続けに起きて滅んだのよね。それが世に言うワールドドリフトだと」

「そうよ。でもそれが起きたとき、三神の国はすでに滅びかけていたの。ワールドドリフトはトドメを刺しただけで、国が滅んだ本当の理由ではない。三神の国は、本当は外国から侵略を受けて滅んだのよ」

フロルが告白した。美由樹と恵美が揃って驚愕する。

「シャイカが聖砦へ連行されかけたとき、その人たちは現れたの。黒装束の集団でね。村へ入ってくるなり民家に次々と火を放って、出てきた村民を老若男女問わず殺したわ。村も火の海になるし、祖父や男衆はシャイカの儀式どころじゃなくなって、ほかの町村へ逃げようとしたけど、集団がどこまでも追ってきて、一人、また一人と倒れていった。逃げ延びた人もいたけど、サラ町やインカ村でも同じことが起きていてね。おかげで唯の一人も助からなかったのよ」

「じゃあ、フロルさんもそのときに？」

「ええ。私は、シャイカとコナラを連れて三神神社に避難した。幸いそこには火の手が来ていなくて、集団の目も向けられていなかったけど、ライトたちがここにいるのは危険だと、時神神社へ行くよう指示してくれたのよ」

「時神神社？」

「三神の国に隣接する、湿原のど真ん中にある神社のことよ、美由樹。私の母が巫女をしていたあの神社には、異世界へ通ずる口があって、そこで願えば時空を超えたなにかが起きるとの伝承があったの。私はそれに縋《すが》る思いで、シャイカとコナラ、ライトたちの魂が宿った大鏡を持って神社へ向かった。道中、集団から猛攻撃を受けつつ、なんとか神社に辿り着いたのだけども、そこでシャイカを除く全員が魔法を受けた。それが死の魔法と知ったときにはもう遅くて、コナラが倒れ、ライトたちも鏡の中で息絶えたわ。私も体から力が抜けて、でもまだそのときは息をしていたから、シャイカが私を抱え、泣き叫んだあとになにをしたか、薄れる意識の中で見ることができた。

　シャイカは、私たちの死を目の当たりにして、それは怒り狂ったわ。そしてあの子は、三神の国で随一の光の力を暴発させたのよ。背から天使みたく翼が現れて、あの子の泣き叫ぶ声で天は悲鳴を上げた。大地は激動して地獄の炎を上げ、時神神社を中心に周囲で地割れが起きて、地上にいる者すべてを一掃した。生者も死者も、敵も味方も関係なく、鳥や獣、木々もすべて呑み込んでいったの。

それでもシャイカの暴走は続いたわ。おまけにその力は徐々に強まっていって、侵食が国境を越えて世界中に広まった。海は荒れ狂い、陸は張り裂け、山の木々が倒れて土が川へ流出し、川が氾濫し建物が壊され、人々は皆、逃げ場を失って死に絶えた。暗雲が空を埋め尽くし、雷だけでなく暴風雨が各地を襲って、低地という低地はすべて陥没した。終いにシャイカの力の影響が星の核にまで及んで、ポロクラム星そのものが暗黒化してしまったの。

でも私が覚えているのはそこまで。私は、あの子を止められずに、あの子の腕の中で息絶えた。だからそのあと、あの子がどうなったかはわからないの。体に力が戻った感じがして目を開けたら、そこはもう現代の砂漠の町で、私だけでなく、私の横に倒れていたコナラも息をしていた。ライトたちなんかは生者の体も手に入れていたから、本当になにが起きたのか私たち自身がさっぱりよ」

「そうだったんですか。だからフロルさんたちは、そのときから砂漠の町で暮らしてるんですね」

「町の外で私たちが倒れているのを、当時の宿屋の主人が見つけ、住む場所がないならと空き部屋を提供してくれたの。私たちはひとまず自分たちの身分を隠して、宿に住み始めたわ。宿の運営を手伝うようになって、主人が亡くなったあとは、あなたたちも知ってのとおり、私たちがあそこを運営するようになった。その傍ら、シャイカの居所を探したけど見つからず、代わりに宿の客たちからいろんな情報を入手したわ。シャイカが起こした自然災害がワールドリフトと呼ばれていることや、そのときからポロクラム星は光と闇に分かれたこと。三神の国を滅ぼした黒装束の集団が、後に闇族と呼ばれる人々で構成されていたこと。三神の国が滅び、ワールドリフトが収まったあとで、長い年月をかけて大地が今の形になったこと。そして三神の国があった場所に、鈴街町や光の宮殿、自然の森があることをね。そこから先はあなたたちも知ってのとおりだから、話す必要はないわよね」

フロルが話を終えた。そのころには、美由樹と恵美の表情はいつになく暗くなっており、それを見たフロルはため息をつく。

「だから言ったでしょう。これは暗いお話だと。歴史書にこの事実が書かれていないのは、シャイカへの非難を回避するため。当時の光の王、渾沌《こんとん》王との間で取り決めた約束なの。あなたたちが余計な詮索をしてくれたせいで約束を破ってしまったけど、これで私たちや光の王がシャイカの存在を隠す理由がわかったでしょう?」

「星を破壊するほどの力を持つ者。俺、真にそんな過去があったなんて知りませんでした。あの、フロルさん。真は、フロルさんたちが自分のことを秘密にしてるのを知ってるんですか?」

「勘の鋭いあの子のことだから、恐らく気づいているでしょう。でもあの子は私たちを知らない。私たちが宿を運営し始めて数年経ったころ、砂漠の町に光の王一行が来たことがあってね。そのときに私たちは、王の秘書になっていたシャイカと再会したの。当時はもう嬉しかったけど、あの子は私たちの知るあの子じゃなくなっていた。あの子の養父になっていた光の王が教えてくれたんだけど、あの子は私たちが町に現れたころに、まだ名がなかった自然の森の、自然の木のそばで倒れているのを王に発見されたの。そのときから過去の記憶がなくて、生まれた場所も己の名すら覚えていなかったから、王はあの子に自分の姓と『真』という名を与えた。二十五歳の誕生日を境に年取るのが止まってしまったようだけど、あの子は私たちの顔も名も覚えていないのよ」

「それじゃぁ、フロルさんが姉さんってことも？」

「ええ、覚えていないわ。それを知ったときは本当に悲しかった。記憶を消されてなにも思い出すことのないあなたに、無理にこの気持ちをわかってもらおうとは思わないけど、あの子の背には、重く残酷な過去が乗っている。だからあの子を、こんなこと言うのは変だけど愛してあげて。いつ消えるか知れない、私たちの分まで」

「あんた、消えるの？」

「私たちは一度死んでいるわ。私たちがこうして生きているのは、シャイカが暴走を起こしたあのとき、魔法かなにかを使ったから。けど所詮は魔法、いつか効力が切れるわ。私たちは、そのときが来るまで、悔いのないように過ごしているの。まあ、私たちの存在自

こ
体が自然の理《ことわり》を破壊しているなら、今すぐ消えたほうがいいのかもしれないけど。と、ここらであなたたちも十分でしょう。これ以上話すと空気が重くなるから、この話は終わりにしましょう」

気づけばフロルの顔は疲労に満ちていた。話すのによほど力を使ったのか、彼女は今の話を口外しないよう、疲れきった声で美由樹と恵美に念を押すと、ベッドにダイブし寝てしまう。そんな彼女に、美由樹と恵美は布団を被せたあとで、静かに退室した。

外はすでに夜中となっていた。海上には月が浮かび、なんとも幻想的である。小腹の空いた二人は、夜でも開いているという大食堂へ向かおうとするが、後ろから足音が聞こえて立ち止まった。見ると琴が、こちらに向かって走ってくるではないか。

「やっと見つけた」と息を切らして駆けてきた琴は、美由樹と恵美に長老たちの会議が終わったことと、真がロビーの巨木の間で待っていることを告げる。琴の話しぶりから不吉な予感がした二人は、フロルを迎えに行った琴の背を見送ると、先日長老と話したあの巨木目指して駆けていった。

巨木の間にはすでに人が集まっていた。蘭州と弥助は、都の子たちと大いにはしゃいだのか、隣に座ると少し汗臭かった。真と長老は、小声でなにやらヒソヒソと話している。美由樹と恵美は、空いている席に着いて、残りの面々が来るのを待った。

美由樹たちが到着してから七分後、残りのメンバーが集まった。フロルは、琴に無理やり起こされたか機嫌を損ねている上に、さっきの話し疲れが尾を引いていて、琴の手を借りないと座れないほど窶《やつ》れていた。蘭州が、彼女の幽霊じみた雰囲気をより一層感じて身震いする。

「だ、大丈夫っすか、フロルさん。生きてます？」

「死んでいると言ったら、どう言い返す？」

「え？　あ、それは、えっと」

「冗談よ、州坊。こっちは単に疲れているだけ。話にはちゃんと参加するから、さっさと話してくれればありがたいんだけど」

「あ、ああ。わかった。会議が長引いたせいで、随分と待たせてしまってごめん。やっと終わったから結果を報告するけど、とても残念なことになった。俺たちが敵に追われているのは周知のことと思うけど、その敵が都のすぐそばまで迫っているんだ」

「なんだってッ。敵がすぐそばにいる!?」

真と長老を除く全員から驚きの声が上がった。真が頷く。

「なんでも今朝早くに、敵から宣戦布告をされたようなんだ。俺たちの身柄を引き渡せば、都を襲うことはしない。渡さないなら、武力でもって都に押し入ると」

「ちょっと待ってくれ。どうして敵は俺たちがここにいるのを知ってるんだ。俺たち、敵の目をかいくぐってここへ来たはずだろ」

「どうやら美由樹、お主らが都へ入るところを誰かに見られたようなのじゃ。都自体は、フロル嬢と時使いのおかげで外界から隠されとるが、そこへ入る者の姿までは隠し通せん。お主らが都と外界の境界で姿を消すのを、何者かが見て先方へ通報したらしい」

長老が俯いて言った。蘭州が、両手を頰に当て口をOの字にする。

「それじゃ俺様たちはどうすりゃいいんだ。捕まるわけにゃいかねえし、かといってここを壊されんのも嫌《や》だぜ」

「それは俺も同意見だ。だからこそ、ここを発つほかない。みんなに迷惑をかけないためにも、俺たちは今すぐにここを離れなければならない」

「それがあなたの出した答えなのね。長老はそれを承認した」

「致し方なかったのじゃよ、フロル嬢。わしらは戦うことを忘れ、戦い方も忘れた。戦わずに済むなら坊ちゃんの言うとおりにしようと、皆で決めたのじゃ」

「じゃあ、ここともうお別れなんですか？」

「わかってくれ、美由樹。敵が中に入ってくるのは時間の問題だ。それはなんとしても避けたい。海を越えた先に港があって、そこに秦淳様の知り合いがいる。安否は不明だけど、今はそこへ行くしかない。ちょうどここは海に面している。船を使えば脱出は可能だ」

「この状況では知人を頼っていくしかないようね。これは都の人々のためですもの。仕方がないわ」

「フロルさん……今はそうするしかないんだよな。俺たちは追われてる身だから。わかったよ、真。行こう」

「ありがとう、美由樹。それじゃぁ各自部屋に戻り、必要なものをまとめて、五分後に第二出入口前に集合してくれ。解散！」

真が号令をかけた。彼の言葉で皆は立ち上がり、自分たちの部屋へ駆けていく。仲間内で一番遠くに部屋があった美由樹は、到着したころには所要時間の二分を使い果たし、大急ぎで上下の洋服に下着を三枚、布団カバーで包み、その口をカーテンの止め紐で縛った。ベッドに置いてあった愛剣を腰のベルトに差し、クリスマスのプレゼント袋のような形になった袋を担いで、急いで集合場所に向かう。

ロビーの第二出入口には、すでに仲間たちが集まっていた。美由樹が最後だったらしく、一分ほど遅れたことに誰も文句は言わなかったが、彼が持っていた袋は笑いの種にされた。美由樹はそれを照れ臭そうに聞きながら、用意されているという船に向かうべく、長老のあとを皆とともに追う。

船はとても大きかった。三階建てで、一階は食料や武器などの貨物庫で、二階と三階には乗組員たちや、今回そこに同乗する美由樹たちの寝室、船長室、食堂、厨房などがあった。甲板は広く、太くて頑丈な柱が三本立っていて、上部には何個もの帆が出発を待っている。海賊船を改良したものらしく、甲板も舵《かじ》もピカピカに磨かれていて、想像したものがこれより小さかったので、美由樹たちは目が飛び出るほどに驚く。

「この船は都一じゃ。船長らも、長年この船に乗ってきた玄人《くろうと》じゃて、お主らの行きたいところへ連れてってくれるはずじゃ」

船の説明や乗組員たちを紹介した長老は、美由樹たちに手を突き出した。その意味を悟った美由樹たちは、長老と握手したり、ハグしたりして別れを惜しみ、一人、また一人と船へ乗り込む。

しかし最後に美由樹が乗り込もうとしたとき、彼の名を呼ぶ声が後方で上がった。振り向くと大食堂で出会った雅也が、目を大きく見開いて突っ立っていた。

「美由樹、もう、行っちゃうのか」

雅也が言葉を振り絞るようにして言った。美由樹は、アともウンともつかない返事をするが、仲間たちに促されて船の中に入る。入口が閉まって錨《いかり》が上げられ、船を留めていた縄も外され、船がゆっくりと港から離れる。

「美由樹ッ」と雅也の叫び声が外から聞こえてきた。それを聞いた美由樹は、居ても立ってもいられず、甲板に駆け出しては柵から身を乗り出す。

「ごめんッ。俺たちはもう都にはいられないんだ。敵が攻めてきたから、みんなを巻き込みたくないから、俺たちはもう行かなくちゃいけない。わかってくれ」

船が汽笛を上げて前に進み出した。堪らずに駆け出す雅也に、美由樹は、届かないと知っていても手を伸ばして言う。

「昔を思い出すことは今の俺にはできないけど、おまえと友達だったことは俺の体がきちんと覚えてる。だから、今度会ったら昔のこと、たくさん聞かせてくれ。昔みたく、また一緒に遊ぼう。それまではどうかおまえも元気で。絶対に敵に捕まらないでくれ」

「美由樹……ああ。俺、待ってるから。絶対にまた会うって約束だからな」

「ああ。約束する。ありがとう、雅也。元気でなッ」

船のスピードが上がっていく。船が埠頭《ふとう》の先を越え、足を止めた雅也に、美由樹は精一杯に手を振った。仲間たちも甲板に出ては手を振り、雅也も「またなぁッ」と声を張り上げ、大きく手を振った。

船が海門を抜ける。大海原へ飛び出し、港から見える船の姿が米粒サイズになっても、雅也は手を振るのを止めなかった。長老といつまでも船を見送り続ける。彼らの行く先に幸多かれと願って。

第九章　裏星《うらぼし》

夢の都を船で脱してから一週間が経った。美由樹たち一行が乗った船は、未だに海上を進んでいた。船のどこから見ても、三百六十度、すべてが海に囲まれている。魚の群れや珊瑚礁《さんごしょう》など、陸の生活では見られない景色に心躍ることはあったが、波の音以外はなにも聞こえない、なんとも暇な時間が流れていく。

船とは、航海をするに非常に便利な乗り物であるだけに、乗船できるだけで嬉しいと思う者もいれば、船そのものに興味があって、それを調べられて楽しいと考える者もいた。しかし船酔いが起きてしまえば、その嬉しさも楽しさも脆《もろ》くも崩れ去る。そのことを美由樹は、というより、美由樹を含めた旅の年少組は予想していなかった。おかげで彼らは、琴を発端に蘭州、美由樹、弥助の順で船酔いを起こし、二、三日は寝室から出ることができなかった。美由樹だけは、船員たちからもらった薬のおかげで翌日には回復したが、ほかの者たちは一週間、吐き気や頭痛、腹痛などと闘う羽目になる。

そんな彼らとは対照的に、真とフロル、恵美の年長組は、一週間経っても二週間経っても、船酔いを起こさなかった。彼らは元々船に乗ることに慣れていたようで、船酔いをした四人は、蘭州を除いて一度も乗船の経験がなかった。蘭州は、漁船には乗ったことがあるが大型船は初めてで、緊張から船酔いを起こしたようだが、真たちは慣れ以外にも、乗船したその日から体力を消耗するのをできるだけ避けていた。船酔いをしないためには、乗極度の緊張や体力を消耗させることは避け、寝室で安静にしているのが大事なのだと、美由樹はこのとき彼らを見て学ぶ。

海の上とは実に時間がわからなくなるものである。美由樹が船酔いについて新たな知識を得てから、数日が経過した。そのころには年少組も船に酔わなくなり、船の中を探検したり、甲板に上がって船員たちの手伝いをしたりと、暇潰しをするようになっていた。

その中でも美由樹は、甲板の拭き掃除が気に入っていた。潮風に吹かれるのは匂いもあって嫌だったが、時折遠くに陸地が見えたり、魚の大群を見られたりすることが楽しくて、いつの間にか、自ら進んで甲板の掃除をするようになっていた。

そんな彼は一度だけ、夜に甲板を掃除したことがあった。その日は朝から嵐に見舞われ、雨風が激しい中、美由樹たちは船員たちと帆を安定させたり、押し寄せてくる波に必死に対抗したりして、嵐から抜け出す手伝いをした。嵐を脱したころには全身びしょ濡れで、サイズの合わない水兵服に着替えなくてはならなくなる。

ダボダボなため、今にも裾を踏んで転びそうな状態で、美由樹は甲板に上がった。嵐が去ったあとなので、甲板のあちらこちらに水溜まりがあり、船員たちが滑って怪我をしないよう、美由樹は右手にモップ、左手にバケツを持って作業に取りかかる。

不意にその手が止まった。空に立ち込める雲の切れ間から月が顔を覗かせ、サーチライトのように甲板を照らしていく。その照らされた先、甲板の先端で何者かが項垂れるようにして立っていた。月光に照らされ、それが真だと気づいた美由樹は、作業を中断して彼に歩み寄る。

　真は海を眺めていた。月光でも輝く髪を風に靡かせながら、無言で遠くを見つめている。美由樹はそんな彼をしばし見ていたが、ふと鼻がむず痒《がゆ》くなり、三回連続でくしゃみをした。

「大丈夫かい、美由樹」

「グズ。……平気。ちょっと鼻が、ハ、ハクシンッ」

「体が冷えているようだね。嵐でびしょ濡れになったのだろう。ここにいると風邪を引くよ」

「大丈夫。それよりおまえはどうして、ハ、ハクシン。ハクシンッ」

「おまえは変わった子だな。ほら、これを着ていなさい」

　そう言うと真は、着ていた上着を脱ぎ、美由樹の肩にかけた。美由樹が礼を言う。

「ところで真、どうしてこんな時間にここにいるんだ？」

「ちょっと風に当たりたくなってね。中にいても、みんな寝ていてつまらないし。そういうおまえこそ、こんな時間に掃除かい？」

「えッ。あ、そ、それは、その」

「いいんだよ。おまえのことだから、みんなが水溜まりで滑ったら危ないと思ったのだろう。甲板掃除は辛くないかい？」

「時々。でも景色はいいよ」

「そうだね。たしかに景色は最高だ。波の音を聞いて、時が経つのも忘れて、ずっとこうしていたい気分になる」

真が、視線を海に向け、呟くように言った。美由樹が首を傾げる。彼に倣って海を眺めるが、すぐに真が口を開く。

「なあ、美由樹。聞いてもいいかな。おまえ、もしかして彼女から俺の過去を聞いたのかい？」

真の言葉はど直球だった。美由樹は、驚きのあまり噎《む》せ返ってしまう。真が彼の背をさすった。

「大丈夫かい？　息をゆっくり吸って、吐いて」

「ご、ごめん……ちょっと、唾がつかえたんだ。ありがとう」

「俺も直球すぎたかな。もっと柔らかく聞こうかと思ったけど、いい言葉が思いつかなくてね」

「そういうことなら……でもおまえ、どこでそのことを？」

「夢の都で。会議が終わってみんなに結果報告したとき、彼女の様子が前と違っていることに気づいたんだ。秘密をばらしてしまったような印象を受けたから、もしかしたらと勘ぐってはいたけど、決定打になったのは、その日からのおまえの態度だな」

「え、俺の？」

「おまえ、都を出た辺りからずっと俺のことを見ているだろう。恵美もその日から、俺にワガママを言わなくなった。恵美が黙り込むなんて、彼女の性格からして滅多にないからね。病気になったかと心配したけど、おまえと同じで俺のことを見てくるようになったから、おまえと恵美が俺の過去を彼女から聞き出したんじゃないかと推理したわけだよ。どうだい。当たっているかい？」

「うん。正解。ごめん、真。おまえに無断でおまえの過去を知ろうとしたこと。本当はそんなつもりなかったけど、恵美さんが、おまえが俺と同じだと教えてくれて。どうしてなのかとても気になって、恵美さんと図書館で調べて。結局はフロルさんに聞きに行ったけど、おまえが昔住んでた場所はわかって。えーと」

「三神の国のことかい？　四千年前に実在した、三つの町村からなる大国」

「あッ。それそれ。その国だ。って、おまえ、どうしてそれを知ってるんだ。おまえってたしか」

「記憶を失っていると言いたいのかな。でもそれはもう過去の話だ」

真が美由樹の言葉を先回りして言った。美由樹が目を丸くする。

「ちょっと待ってくれ。じゃあおまえ、もしかして記憶を」

「ああ。おまえの記憶を消したとき、俺はある声を聞いた。今思えば、あれは彼女の声だったと思う。『シャイカ』とはっきり聞こえたんだ。緑豊かな自然に囲まれた、平凡な村の景色も一緒に見えて、そのとき、爆発したように記憶が蘇ってきた。俺がどこで生まれどう育ったか。彼女が自分の姉で、姉には親友が三人いて、うち一人には俺と同い年の弟がいること。彼らの名前もすべて思い出したんだ」

「そうだったのか。それなら、そのことを早くフロルさんに言ったほうがいいんじゃないか。おまえに過去の記憶がないことに、フロルさん、すごくショックを受けてたから。おまえが記憶を取り戻したと知ればきっと喜ぶと……って、どうしたんだ、真」

美由樹が真の顔を覗き込んだ。美由樹がしゃべっている間に、真の表情が暗くなったからである。

「……俺は、とてもそれを彼女に伝えられそうにない」

「どうして？　だってフロルさんはおまえの姉さんだろ。家族なんだから伝えられるんじゃないか？」

「家族だからこそ伝えられないこともあるんだよ。城が敵襲を受けたとき、夢見敦史に言われた言葉。俺が前ばかり見ているのは、俺の後ろに、ワールドリフトのときに俺が奪った数多の命がいるため。罪を償わなければならない俺に、当時の記憶を持つ彼女にかける言葉など、考えろと言われても思い浮かばないんだ。現代で再会したときに、**《誰ですか》**と酷い言葉もかけてしまって、それからは少し疎遠になっているし。おまえのように兄妹仲がいいなら、素直に伝えられるのかもしれないけどね」

「真。……なら、俺が考える。フロルさんにかける言葉を。おまえがそれで悩んでるなら、俺が代わりに考えてやる。ただそれには、おまえの気持ちを知らなくちゃいけない。おまえが今、フロルさんになんて伝えたいか、俺に教えて欲しい。おまえがそう思うようになった、あの日の出来事を俺に話してくれ。俺、全部聞くから」

「美由樹……おまえは本当に変わった子だ。おまえを見ていると昔の俺を思い出す。あの人があのときどんな気持ちになったか、わかる気がするよ」

「それって、ワールドドリフトが起きる前におまえが親しくなったっていう、おじさんのことか？」

「まあ彼には、おまえみたいな純粋さはなかったんだけどね」

意味深な発言をしつつも、真はその場で踵を返した。船内へと続く階段を下り始める。しかしその途中で不意に立ち止まって、

「明日のこの時間に、ここへ来てくれるかい？」

と尋ねた。美由樹が、目を大きく見開いたあとで「ああ」と答える。

「なら、また明日に。おまえの気持ちに嘘偽りがないなら、あの日に起きた真実を話そう。それで彼女に対する言葉を思いつくなら」

「真……ああ、必ず」

「ありがとう。それじゃぁ、また明日。お休み、美由樹」

そう言うと真は再び階段を下りていった。美由樹は、そんな彼を無言で見送るが、彼の気持ちに応えるべく、甲板の掃除を終わらせ、自身も寝室へ戻り、次の日が来るのを待った。

それから十日という間、美由樹は時の流れがとても早く感じられた。なぜなら真が毎

晩、三神の国のことを話してくれたからである。

真の話は、ワールドリフトが起きる直前。フロルも語った、真がライト村の男衆に見つかったところから始まった。

「その前日の晩に、俺はおじさんといつものように話をした。ただ、その日に限って普段より長くおじさんと話したから、興奮して眠れず、そうかと言えばいつもより長く寝てしまった。おかげでライト村の長老たちが祠に入ってきたことに気づくのが遅れて、俺は見つかり、彼らに捕まってしまったんだ」

「そして、荒海の聖砦に連れてかれそうになった。でもそこへ、闇族の集団が襲撃してきたんだったよな？」

「そのとおり。闇族の襲撃に遭い、俺は姉たちと三神神社へ避難した。でも俺は、自分たちよりおじさんのことが心配だった。なぜかは知らないけど、おじさんが時神神社にいる気がして、時神神社へ行こうと姉たちに提案した。姉たちもその気だったようで、俺たちは時神神社へ向かった。そしてそこで、あの事件が起きた」

「フロルさんたちが死の魔法を受けて亡くなった、だな？」

「俺の横を擦り抜けるようにして、魔法が姉たちに当たったんだ。俺はすぐに姉たちの蘇《そ》生《せい》を試みたが間に合わなかった。そして俺は光の力を暴走させた。姉たちの命を奪った者への憎悪と、今まで抱え、抑え込んできた怒りが爆発し、俺は星の核を壊そうとした。おかげで世界は暗黒化して、大地は光と闇に二分した。それでも俺は暴走を止めず、いや止められなくなっていた。あまりに暴走しすぎて、理性を取り戻したころには自力では制御できなくなっていたんだ」

「まるで古代界で敦史と戦ったときの俺みたいだな。でもおまえは、結局は力を止めることができたんだろ？」

「いや、止めてもらったと言うべきだろうね。俺も当時は力の止め方を知らなかった。怒りに身を任せ、壊れるまで壊れようとしていた。でもそこへおじさんが現れ、暴走する俺を諭し、俺の目を覚まさせてくれたんだ。ただ、さっきも言ったように俺は、理性を取り戻しても力を制御できなかった。そこでおじさんは苦肉の策に出た。己に秘められていた闇の力を使ったんだ」

「闇の力？」

「おじさんは闇の守護者だったんだ。力は俺より弱くて、俺の力に圧倒され、どんどん威力が弱まっていったけど、おじさんは諦めずに闇の力を俺に当て続けた。そのおかげで俺の力は徐々に威力が弱まり、自力で制御できるレベルにまで落ち着いたんだ」

「そこからは自力で力を制し、暴走を止めた。その人がいなかったらおまえはそのまま暴走し続け、この星を壊してた。その人のおかげでおまえは助かり、この星も今こうしてここにあるんだな」

「おじさんの決死の試みがなければどうなっていたことか。おじさんには本当に感謝しているけど、やはりその代償は大きかった。おじさんが亡くなってしまったんだ」

真の顔が暗くなった。

「俺が暴走を止め、事態が収束に向かおうとしたとき、俺の背後で殺気が湧き起こった。気づいたときには眼前に敵の刃が迫っていて、暴走の反動で動けなくなっていた俺に、おじさんが寸前で間に割り込み、自身が持つ剣で受け止めてくれた。でもその直後に剣が折れて、おじさんに刃が突き刺さった。そこで死期を悟ったおじさんは俺に、自分の名前と正体を明かし、最後の力を振り絞ってその場の時空を歪ませ、俺の後ろに次元の穴を空けたんだ」

「次元の穴？」

「異次元へ繋がる道のようなものだ。この世界というより宇宙には、自分たちが見ている世界とは別の、もう一つの世界がある。次元空間と呼ばれていて、そこには無数の出入口と道がある。出入口のほうを次元の穴と言い、道のほうはそのまま次元の道と言われているけど、その道を使えば遠く離れた場所へ行くことや、時空をも超越できる。時神神社がある一帯は、元々時空に歪みが生じやすい場所で、おじさんが空けた穴に吸い込まれた俺たちは、穴の中にある無数の道の一つに乗って、未来へ飛ばされたんだ」

「そうだったのか。ん、じゃあ、おまえの記憶を消したのは」

「おじさんだよ。俺がおじさんも連れていくと言ったから、おじさんは俺の記憶を消した。おじさんも先見の明があったからね。未来で俺が彼に会うことを予期していたのだろう。そのとき俺が、再び怒りに駆られて暴走を起こすんじゃないかと心配して、己の命と引き替えに、俺の記憶を消すことを選んだんだ」

「未来で暴走？　どうしてその人は、おまえがもう一度暴走するって理由で、おまえの記憶を消したんだ。その前に彼って誰？」

　美由樹が聞いた。真が小さく唸る。

「過去の因果と言えばそれまでだけど、おまえも赤羽太夫という人を覚えているだろう。俺はあの人と前から面識がある。ワールドドリフトのとき、俺の目の前で姉たちやおじさんを殺した犯人としてね」

　真が語った。途端に美由樹が声を上げ、真が急いで注意する。

「シイッ。声が大きい。そう。あの人が犯人なんだ。そしてそのときに使われた凶器が、俺が今持っているロゴムズアークなんだよ」

「なるほど。そういうことだったんだな。ん、待てよ。そうなるとあいつは今、何歳だ。あいつの正体も、お互いに相反する光と闇って感じで謎が多すぎるな。あ、でもあいつを倒せば、おまえはフロルさんたちやおじさんの仇《かたき》を討てるんだな」

「俺は仇討《あだう》ちをしないよ。この手で誰かを傷つけることはもうしたくないんだ。だから美由樹、このことは誰にも内緒だよ。仇討ちも絶対に考えないこと。争いは争いを生むだけだ。負のサイクルを断ち切るには、当事者の誰かがその悲しみに慈悲の心を持つ必要がある。わかったかい？」

「ああ。おまえの過去のことは誰にも絶対に言わないし、仇討ちもしない。約束するよ」

「ありがとう。と、俺の話はこれで終いだ。これが彼女へかける言葉を考えるにどう役立つかわからないけど、少しは役立ったかい？」

「もちろん。ちょっと時間がかかるかもしれないけど、おまえが聞かせてくれたことも考慮して、フロルさんへの言葉を考える」

「俺も、おまえに話して頭の整理がついたから、きちんと考えてみるよ。さてと、そろそろ中へ戻ろう。船長たちが、四日後には港へ着くと言っていたんだ。船を下りたあとはずっと歩き続けるかもしれないから、休めるうちに休んでおかないとな」

美由樹の肩に手を置いて真はそう言うと、船内に戻っていった。美由樹は、そんな真のヒラヒラと揺れる左の袖を見ていたが、彼のぼやきを聞いてから今日で十日目。その間、真はずっと話し続けてくれたので、これ以上彼の過去について追及するのはよくないと、出かけた言葉を引っ込め、自身も船内に戻っていった。

真が過去を打ち明け終えてから三日が経った。船は未だに海上だが、一週間前に比べて周りに変化が出始める。気温が低下したせいか、船内は暖かいものの、甲板に出ると凍える寒さに身が縮む。海上には流氷が漂い、船は流氷を突き破って進んでいった。

流氷とは怖いものである。その恐ろしさを知っていた蘭州が、誰よりも目立って怖がっていたが、船は氷とぶつかってもビクともしなかった。船長が、この船は氷海に出航した経験が多々ある。そんじょそこらの氷とぶつかっても、横転したり、壁に穴が開いたりすることはないと自慢げに言っていたが、船はたしかにそのとおりだった。流氷がぶつかってきた反動で、多少船体が揺れるものの、反対に流氷を砕け散らしており、美由樹はさすが夢の都一の船だと、船の力強さに感服する。

　壁に多少傷はついたものの、船は順調に氷海を突破した。そして氷点下まで下がった気温が上昇し始めたころ、目的の港に到着する。

　港は、美由樹と蘭州がハンター初陣の旅で訪れた港よりも廃れた印象を受けた。漁船がいくつか停泊していたが、どれも船としての機能を失い、中には転覆しているものもあった。隣接する倉庫や市場らしき建物は、外壁を植物の蔦《つた》で覆われ、天井も落ちて、床からは雑草が茂っていた。都に戻ることになった船長たちに別れを告げ、港に隣接する町へ向かっても、目に飛び込んでくるのは廃屋の列と、苔《こけ》がびっしり生えた道のみ。おまけに一帯からは人の気配が感じられず、静寂さのあまりに美由樹は耳が痛くなって、両耳を塞いだ。

　それでも町の中を歩き続けること十分。自分たちを除いて、人たる者に一度も遭遇せず、ゴーストタウンであることを皆が悟り始めたころ、先頭を行く真の足が止まる。視線の先には一軒の民家があり、どうやらそこが目的の人物が住む家のようだが、よく見るとその家も、ほかの家々と同じで一面蔦に覆われていた。玄関扉を見つけ、ノブを回して中に入ってみても、外見から想像できるとおり廃屋感が半端ではなく、また誰もいなかった。

　一年前に港が嵐で廃港となり、町民たちは皆引っ越したと、恵美が秦淳から聞いた話を思い出したのはまさにそのときだった。直後に皆から「早く言え」とのツッコミが入る。膨れ面をする彼女をよそに、一同はもしやこれは敵の誘導だったのではと思い至り、無駄足を踏んだ場所に長居は無用と、町の出口へ向かった。

町の出口より先に広がっていたのは、鬱蒼とした森だった。港町と同様に、ここでも鳥の囀《さえず》りや獣の鳴く声が聞こえず、薄気味悪い。枝葉が生い茂っているせいで昼間なのに暗く、一行は松明を手に森を突き進んだ。

四週間もの船旅の影響や、町で若干迷子になったこともあり、皆の足取りはとても重かった。途中で休憩を入れるも、辺りの静寂さに寒さを感じた一同は、それならばと楽しいことを話題にすることにした。ちょうどそのとき琴が、やっと出会えた生き物——芋虫《いもむし》だったが——に驚き、変な声を上げたので、仲間たちは互いの顔を見合わせ、声を上げて笑う。いつぶりか、皆の笑顔を見た美由樹は心が軽くなった感じがして嬉しくなった。

これを忘れてはならない。不安や恐怖に苛まれたとき、それに打ち勝つには絶えず笑顔でいよう。昔から笑う門には福来ると言うではないか。逃亡生活は避けようのない事実だが、その考えが士気を下げているなら、これをハンターとしての旅と考えよう。そして今後はこの旅を、今のように笑顔溢れる旅にしよう。美由樹はこのとき、人の笑顔が持つ底知れない力に気づく。

休憩が終わると、一行は出発した。さっきと比べて、彼らを取り巻く空気は明るくなっていた。美由樹がそう感じたのと同様に、仲間たちも笑顔の大切さを知ったようで、これからは楽しく行こうと出発時に取り決めたからである。話題も面白エピソードを中心に語り合い、中でも蘭州の話は、皆をドッと笑わすほど面白かった。学校の体育祭で綱引きをしていたら、綱が切れて両者ともに引っ繰り返ってしまった喜劇や、漁師の祖父を手伝って海に出た際に、大物と思って釣り上げたのが実は自分の長靴だった逸話など、多種多様な話が彼の口から出るわ出るわ。これには、長年の親友である美由樹でさえも驚きを隠せず、彼の話に夢中になる。

そんな蘭州の、雪山で転んで雪達磨《ゆきだるま》になってしまった話が終わったころ、一行は森を抜ける。森の先には平原がどこまでも広がっていて、砂利道が真ん中を延々と真っすぐに走っている。自分たちから見て右手、平原の先へ続くその道の傍らに、立て札が一本立てられていて、気になった蘭州がそれに駆け寄った。

「なんだ、これ。どうしてこんなとこに立ってんだ」

「すごく古いわね。今にも倒れそう。って、あれ？　板のところになにか書いてある。えっと、**《ここより先、裏星》**」

琴も歩み寄り、立て札を指さして言った。

「裏星？　てことは、こっから先が裏側の世界か」

「そうみたいだね、蘭州。どうやら俺たちは、星の裏側まで来てしまったようだ」

「アーア、来ちゃった。こっちには来たくなかったのに」

恵美が肩を落として言った。美由樹が彼女を振り向く。

「恵美さん、裏星ってなんですか？」

「珍しいこともあんのね。裏星を知らない人なんて初めて聞いたわ。てことは、美由樹と同年齢のあんたたちも知らないのかしら」

「私は知ってますよ。けど実際に来るのは初めてです。想像してた世界より、随分と暗いんですね」

「仕方ないよ、琴。ここから先は闇が支配する世界なのだから」

「えッ、嘘。本当に!?」

真の話に驚いた美由樹が聞き返した。恵美が頷く。

「マジよ。こっから先は、闇の王が支配する世界。私たちは、今までずっと光の王、つまり秦淳様が支配してた世界にいたわけ」

「じゃあ、この先はもっと用心しなくちゃですね。都の長老様から聞いたことがあるんです。裏星は路上生活者が多いんだそうですね」

「その人たちの前を通れば、あなたや州坊、弥助、真、私は目立つ存在になり得るわ。美由樹と恵美は大丈夫だと思うけど、このまま道を歩いていくのは危険かもしれない。道って、大概は人が集まる場所に続いているから」

フロルが腕を組んで言った。恵美がすかさず口を開く。

「そんだけじゃないわよ。こっから先は敵の目が届きやすい。裏星の中心に近づくにつれて、こっちの身が危険になる。なんだったらこの境界線上を進みましょうよ。ある程度敵の目を欺けっかも」

「世界を跨《また》いで進もうと言うのか。……いや、迷っている暇はない。ここでいつまでも留まっているのは危険だ。よし。これからはこの境界線上を辿ろう。もしかしたら元の世界に戻れるかもしれない。俺たちは、裏星《こっち》にいてはならない存在だからね」

そう言って真は、今まで歩いていた道を左に逸れて、道なき道を歩きだした。美由樹たちもあとを追って左に進む。

境界線とは、目に見えるものもあれば見えないものもある。美由樹たちが歩くことになったこの線は、後者の、目に見えないものにあたる線だったが、一方では前者の、目に見えるものでもあった。なぜならこの線の上を歩くと、表星と裏星の境がはっきりと見えるからである。白紙に黒のマーカーで線を引いたときのような明瞭さに美由樹は不思議がるが、光と闇、二つの異なるエネルギーが線上で衝突しているため、それが線となって見えているのだと真が説明してくれた。加えてこの境目が、ワールドリフトでできた大地の亀裂だとも教えてくれて、美由樹たちは納得しつつも、どこかフワフワした感覚に居心地が悪い気がしてならなかった。しかし今はこの道を行くしかない。一行は、違和感で体調を崩さないよう注意しながら、線上を歩いていった。

境界線上は、片方が明るく、もう片方が暗い場所だった。美由樹たちは、どちらかと言えば明るいほうに向かって歩いていたが、明るいほうに夜が訪れると、自然と暗いほうへ歩いていった。崖があれば登って降り、森があればひたすら突き進んで抜け、川があれば泳いで渡る。濁流に流されることも、船長たちからもらった食糧が底を突いて、そこらに自生する茸や木の実を食べることもあった。それでも美由樹たちは、今も自分たちを捜しているだろう敵の軍勢を警戒して、前へ進む足を止めなかった。

境界線上を歩き始めてから早一週間と三日が経った。その日は朝から曇天で、昼すぎから雨が降りだした。一行は急いで雨宿りできる場所を探したが、彼らのいたところは平原で、周りを見渡しても木の一本も立っておらず、雨の中を二時間かけて捜索する。やっと雨宿りできそうな木を発見したときには、風雨は強まり、雷も鳴りだしたので、彼らは身を低くし、別の場所を探すほかなかった。

一行が、風雨を避けられ、かつ雷からも身を守れる場所に辿り着いたのは、雨が降り始めてから五時間後のことだった。

彼らが雨宿りに選んだのは、風化の進んだ村にある一軒の荒屋《あばらや》だった。煉瓦造りの平屋で、ほかと比べて天井が落ちていなかったのが、選考の決め手となる。玄関土間から一段上がったところに居間があり、美由樹たち七人が横になっても窮屈ではない広さがあった。居間には囲炉裏《いろり》があり、土間にもまだ使えそうな竈《かまど》があったので、皆は居間に生えた雑草を刈っては囲炉裏にくべ、火を熾した。火が熾きると、その周りに座り、冷えた体を温める。

一行が見つけた荒屋は、それは快適な空間だった。雨風を凌げるだけでなく、暖を取るとすぐに温まるからである。それはこの家が、ほかと違ってそこまで劣化していないことに起因していたが、窓がなく、壁に空いたネズミ穴を塞げば隙間風は入ってこなかった。唯一入ってくる場所は、戸を失った間口だけで、屋根から垂れる蔦がいい塩梅に暖簾《のれん》代わりとなり、内部の温かさや光が外部に漏れ出るのを防いでくれていた。美由樹たちは、久々に安らぎを得た心地がして、雨が降りやむのを待つ。

ところが雨は、二日経ってもやむ気配を見せなかった。やまないどころか雨脚が強まる一方で、これが嵐と気づいたときには、美由樹たちに新手の魔の手が襲いかかる。蘭州と弥助が相次いで熱を出して、寝込んでしまったのだ。風雨の中、五時間に及ぶ大捜索が原因のようで、心労も祟って風邪を拗らせてしまったのである。

そのほかのメンバーは、幸いなんともなかった。美由樹と琴は、蘭州たちと同じくくしゃみを連発していたが、熱を出すまでに至らなかった。真たち年長組も健康体だったが、この状況はさすがにまずかった。一箇所に留まる危険性と、戦力となる二人が欠けた状況でもし敵に見つかれば、今度ばかりは逃げられないからである。今一番にすべきことは、とにかく蘭州たちの容体がよくなり、戦力として復活するのを待つのみ。美由樹は、この場できちんとした武器を持ち、即戦力となるのは自分だけだと、蘭州たちが回復するまで、間口の横で番をすることにした。

美由樹が見張りを買って出てくれている間、ほかの仲間たちは少年二人の介抱に奮闘する。しかし蘭州たちの熱は、日をいくつ跨ごうと下がる気配を見せず、薬草を煎じて飲ませても効果なく上がったままだ。嵐も去ろうとせず、雨風が家の壁に叩きつける。美由樹たちは、交代で薬草を採りに出掛け、それを蘭州たちに煎じて飲ませるとまた薬草を探しに出ることを繰り返し、嵐と、二人の熱の両方が静まるのを待ち続ける。

荒屋に隠れてから一週間が経った。そのころには、嵐の威力は大分弱まり、あと数時間すれば収まるだろうと思われた。蘭州たちも、薬草を飲み続けたおかげで熱が下がり、食欲や体力が回復する。昨日まで苦しんでいた顔が嘘のように晴れており、もう安心だと美由樹は、笑顔を見せるようになった蘭州たちを見てそう思った。

そしてその日の夜。大事を取ってもう一日、この家で過ごすことになったので、美由樹はいつものように間口に立ち、周囲に誰もいないか確認した。この日も何事もなく静まっていたので、軒先に腰を下ろし、嵐の去った空を見上げる。そこへ真が、蓆の暖簾を掻き分け、外へ出てきた。

「あれ。外に出てきていいのか?」

「ああ。蘭州たちが薬を飲んで眠ったからね。恵美たちも寝てしまったから、こうして外へ出てきたんだ。隣に座ってもいいかい?」

真が尋ねた。美由樹が無言で頷き、真は美由樹の隣に座ると、彼と同じく空を見上げる。

「こうして夜空を見上げると、あの日のことを思い出すんだ。あの日、ワールドリフトを起こす前の晩も、空はこんな空だった。いつものように村の高台へ行くとおじさんが待っていてくれて、その日もおじさんがいろいろ話を聞かせてくれると思ったけど、俺から話すように言われ、俺はおじさんに出生を尋ねた。何度聞いても教えてくれなかったのに、その日に限っておじさんは、自分が闇《あん》ノ国から来たことや、そこで人々から注目される仕事をしていたことを教えてくれたんだ」

「注目される仕事？」

「本当はその職に就きたくなかったらしいんだけどね。そのせいでおじさんの国は、おじさんの闇の守護者の力を欲した近隣諸国から軍を差し向けられ、いつも戦争をしていた。力ある者は、力なき者にはなににも増して魅力的に映る。そしてそれは周りの者に悪影響を及ぼすこと、戦争は決してしてはならないと、おじさんは口を酸っぱくして言った。俺は、そのときはまだおじさんの真意がわからなかったけど、現代へ来て、光の守護者として世界を見るようになった今、それがわかった気がするんだ」

「……後悔してるのか。ワールドリフトを起こしたことを」

「そりゃ後悔もするよ。光と闇が拮抗《きっこう》する今の世界を作ってしまったのは、ほかでもない俺自身だ。そんな俺の姿を、おじさんは自身のそれと重ね合わせた。だからあのとき、俺に戦争の恐ろしさを伝え聞かせたんだ」

「真……でも俺、おまえがワールドリフトを起こしてよかったと思う。だってそれがなかったら、おまえとも会えなかったし、こうして肩を並べて話すこともなかった。おまえがワールドリフトを起こし未来へ飛ばされたおかげで、俺はおまえに会えて、こうして話ができた。世界がどうして光と闇に分かれたのか、表星と裏星ができた理由も知れた。おまえに会わなきゃ、そんなの一生わからなかったかもしれない。だから俺は、おまえが当事者で本当によかった。

犠牲になった人たちのことは忘れちゃ駄目だと俺も思う。でも樹霜が前に言ってたんだ。《己は未熟で失敗が絶えない。道を歩く事を許された者として、其の失敗は新たな成功の糧になる。故に人は必ず失敗して、其処から這《は》い上がる力を持っている》と。おまえからの受け売りだったみたいだけど、それがあったから俺たちは、失敗しても前に進むことができた。だからおまえも、もう足元を見なくていいんじゃないか。ワールドリフトで命を奪っちゃった人たちの分も生き続けるんだ。それがたぶん、その人たちへの償いになると思うから」

「美由樹……ありがとう。俺も、自身の言葉ながらそのことを忘れていたよ。そうか。樹霜がそんなことを言っていたのか」

「古代界で。おまえから言われた言葉だろと聞いたら、あいつ、顔を真っ赤にしてそっぽ向いちゃって」

「ハハハッ。彼らしいね。恥ずかしがり屋で、人から突っ込まれるとすぐに顔を赤くして、シャイな一面を見せる。昔からなにも変わらない。それが彼のいいところだ」

「たしかに。俺、あいつをからかうまで、あいつにそんな顔があるなんて知らなかったよ。でもあいつが、古代界に無理やり連れてこられたのを怒ってたときは、怖くて近寄りがたかったけど」

「古代界でそんなことがあったのかい？　俺の前では一度もそんな姿を見せたことがなかったから、一度見てみたいものだ」

「おいおい。こっちはあいつを怒らせないようにするので必死だったんだぞ。それくらいにあいつの威圧感はすごかったんだから」

「冗談だよ、冗談。俺の知らない彼の姿を見たことがあると聞いて、ちょっと羨ましくなったんだ。本気にしないでくれ」

　笑いながらそう言うと、真はその場に立ち上がった。

「さてと、今夜はもう遅いし、おまえもそろそろ寝なさい。見張りは俺がやるから」

「でもおまえも、今日は蘭州たちの看病で疲れてるはずじゃ」

「俺はまだ大丈夫だよ。だからおまえは安心して寝て……」

　心配する美由樹に、真は笑顔を見せて、中へ入るよう促す。

　しかし彼が言い終わらないうちに、彼の体がくの字に曲がった。エッと呟いた美由樹の前で、真がその場に膝を突く。美由樹が彼に寄り添った。

「だ、大丈夫か、真」

「あ、ああ。俺は、大丈夫だ。ただちょっと胸が……ぐッ」

　額には、さっきまでなかった汗が噴き出ていた。真は、胸を強く押さえながらそう言うも、胸に痛みが走って前方に倒れ込む。美由樹が慌てて彼の体を支え、その名を叫ぶ。

　その声で目が覚めたのか、琴が寝惚《ねぼ》け眼《まなこ》のまま外へ出てきた。しかし美由樹の腕の中で、真が苦しげな表情を浮かべているのを見て我に返り、真の名を叫んで寄り添う。真の症状は刻一刻と変化するもののようで、美由樹や琴の呼びかけにも次第に反応できなくなっていった。

「しっかりしろ、真。真ッ」

「真さんッ。アアもう、こんなときに限ってあれが起きるなんて。真さん、薬は？　薬は飲まれたんですか？」

琴が問いかけた。美由樹が「薬？」と首を傾げる。

「そう。こうなることも予期して、真さん、いつも薬を持ち歩いてたはずよ。佐藤君、見てない？」

「え？　あ、いや。こいつが薬を持ち歩いてるとこなんて、一度も見たことがないけど」

「でもあなたたち、弥助の家に来る前は城にいたんでしょ？」

「でもそこで敵襲に遭って、俺たち、なんの荷物も持たずに癒やしの森までワープさせられちゃったんだ」

「なッ、手ぶらで飛ばされたですって!?」

琴が驚きの声を上げた。なぜ彼女がそうも驚くのか、美由樹にはわからなかったが、琴はそうと聞くや、真を屋内へ入れるよう美由樹に指示する。指示に従って真を中に入れると、琴は、ムクムクと起きだした仲間たちには目もくれずに、居間の隅に置いていた自身の荷物へ駆け寄り、中を漁り始めた。フロルが話しかける。

「ちょっと琴。なにをそんなに慌てているの？　一体なんの騒ぎなの」

「説明はあとでお願いします。それより私の薬入れ、薬入れ……あった。って、嘘ッ。あの薬が入ってない!?」

琴が、荷物の中から取り出したケースの中を見て言った。弥助が首を傾げる。

「薬って、なに、誰か具合でも悪くなったの？」

「真さんよ。真さん、心臓に持病を持ってて、その発作を起こして今、危険な状態なの」

琴が説明した。途端に仲間たちから驚きの声が上がり、琴が目をぱちくりする。

「なに。佐藤君たち、真さんに持病があるの、知らなかったの？」

「まったく。今おまえから聞いて初めて知ったよ」

「えッ。じゃ、じゃあ、恵美さんとフロルさんは？」

「私も初耳よ。森であんだけ一緒にいたのに、真はそんな病気があることを一度も言わなかったわ。というより、森では一度も発作なんて素振りを見せなかったわね」

「で、でも、どうしてこの子にそんな……琴、説明なさい」

こちらも、真が病持ちだったのを知らなかったらしい。フロルが落ち着きをなくした表情で言った。

「四年ほど前に、仕事で夢の都に来てた真さんが今みたく倒れたことがあるんです。ちょうどそのころから私、看護の仕事に就いてて、長老様に呼ばれて真さんの介抱をして。でも真さんに、薬があるからと断られて、首から提げてた入れ物から薬を取り出して飲まれて。そしたら症状が治まって、私、どうしてかと聞いたんです。そしたら真さんが、心臓に病があることや、時々発作を起こして、それを薬で抑えてることを教えてくれたんです」

「なるほど。だからあんたは、さっき薬入れを探してたのね」

「でもここにあるのは、胃薬とか鼻炎薬とか症状の軽いものの薬ばかりで、真さんの発作を抑えられるものを入れてくるのを忘れてしまって。だから佐藤君に、真さんの薬入れを知らないかと聞いたら、そんなの一度も見たことがないって。まさか真さんが病気のことを隠してたなんて知らなかったから、私、驚いちゃって」

「だからあんな大声を出したんだな。でもどうすんだ。薬がねえってことは、こんままだと真は」

「だ、大丈夫。薬を、飲まずとも直に、治まる。心配いらない」

息も絶え絶えに、真はそう言いながら床に横になる。直後により一層激しい痛みに襲われて、苦悶《くもん》の表情を浮かべた。美由樹が琴に尋ねる。

「なあ、どうにかして真の発作を抑える方法はないのか？」

「と聞かれても……常備してる薬がないとすると、残す方法は二つ。今すぐ真さんを環境の整った病院に運ぶか、痛み止めの薬草を見つけて、一時的に痛みを抑えるか。前者は、土地勘のない私たちには無謀な策だし、ここの近くにそんな場所があるかどうかすら疑問だから、こうなったら薬草から痛み止めの薬を作るしかないわ」

「僕たちが熱を下げるのに使ったあの薬草は？」

「あれは熱冷ましの薬草だから、痛み止めの効果はないの。薬草の中には痛み止めの薬草もあるけど、真さんの場合は特殊だから、そんじょそこらの薬草じゃ発作は治まらない。夜光茸《やこうだけ》を除いては」

「夜光茸？」

「はい、恵美さん。夜光茸には、痛み止めだけでなく、発作を抑える効果もあって。それを煎《せん》じて飲めば真さんの発作を止められると思うんですが、問題が一点。夜光茸は、満月の夜にしか咲かない幻の茸で、おまけに傘が無色透明なんです。満月の光を受けると淡い光を放って、探すとなると、それだけが頼りなんです」

「そんな。嵐の雲が残る空でそんな茸を見つけろなんて、大草原に落とした米粒を探せと言ってるようなものじゃないか」

「でも弥助、真さんの発作を止めるにはそれしかないのよ。この手の発作は、早めに手を打たないと手遅れになる。たとえ真さんが大丈夫と言っても、彼の心臓を考えると、あと何日痛みに耐えられるか」

「そんなに、この子の心臓は悪いの？」

　フロルが静かに琴に聞いた。琴が頷く。

「真さんの病は進行が速くて、一般人ならとうに亡くなってるレベルだとお医者様が言ってました。真さんが生きてるのは、真さんが特殊体質だからで、光のエネルギーを取り込んで、それを生命力に回してる。光のエネルギーのおかげでなんとか生きてるんです」

「そんな大事なことを、どうして……昔からそう。村の子に虐められても全部自分のせいにして、そのことを私に黙って、すべて心の奥にしまい込んで。みんなの前ではいつも笑ってばかりで、自分が置かれている状況が本当にわかっているのかしら。小さいころからいつもそうなんだから。シャイカ、あなたは本当に……バカ」

動揺を隠しきれないフロル。最後にそう吐き捨てると、仲間たちの制止も聞かずに外へ飛び出していった。美由樹が慌てて追いかけるも、彼が外へ出たときにはもう、彼女の姿はどこにも見当たらなくなっていた。美由樹がフロルの名を呼ぶ。彼女をこのまま一人にしておくのはよくないと、美由樹は、真のことを蘭州たちに託して一人、彼女を捜しに出掛ける。

草の葉から雫《しずく》が垂れる。空にはまだ雲が立ち込めているものの、流れは穏やかで、澄んだ風が脇を駆け抜ける。その風が行き着く先。廃村の一番奥で、民家の跡地に今なお残る石段に、フロルは空を見上げながら座っていた。美由樹が後ろから近づいてくることにも気づかず、ただずっと、船上で弟がしていたのと同じように、空の奥深くを見つめていた。美由樹が彼女の名を呟く。意を決して話しかけようとする前に、フロルが口を開いた。

「本当よ、美由樹。シャイカは本当にバカなの。心配かけたくないと言いながら、心配かけているのに気づいていないんですもの。我ながらバカな弟を持ったものだわ。けれど私は、心からそう言えない。どうしてなのかしらね。本当にあの子は大バカ者なのに」

フロルが呟くように語った。美由樹は、彼女が哀れに見えて歩み寄るが、途端に目を瞠る。フロルの目に涙が溜まっていたのだ。

「シャイカが人より心臓が弱いのは私も知っていた。父がそうだったから。遺伝であの子にそれが出ても、私はごくごく自然にそれを受け止めた。でもあの子が、発作を起こすまで悪くなっていたなんて知らなかった。それを隠してきたことも、なぜあの子はそれを隠すの。昔のあの子はそうじゃなかった。インカ村にいたときは、バカがつくほど正直だったのよ。でも今のあの子には、あのころの正直さがまるでない。あの子に過去の記憶がないせいなの？　正直だったあのころのことを、あの子に記憶があればこんなことにはならなかった。こんな状態にも、本当に、どうしてあの子だけがこんな目に」

「…………」

「私はこれからどうしたらいいの。シャイカに記憶がないのがとても憎いのに、私はあの子を憎めない。あんな子なのに、私の弟なのに、どうしてこうなってしまうの。どうすればいいのよぉッ」

溜め込んできた気持ちが一気に爆発する。涙で歪んだ顔を、フロルは惜しげもなく美由樹に見せ、彼の足元に縋りついては声を上げて泣きじゃくった。何遍も何遍も、涙が涸《か》れるまで泣き続ける。美由樹は、そんな彼女を見てさらに悲しげな表情をするが、すぐに一度瞬きし、閉じていた口を開く。

「それでいいんですよ、フロルさん。それでいいんです」

　フロルが顔を上げる。

「真を憎めないのは、真があなたの家族だからです。あなたと血の繋がった弟だから、あいつのことで悩むのは当然です。でも、これだけは忘れないでください。『愛』に見返りを求めてはなりません」

「え」

「フロルさんは、真を育てたことを誇りに思ってる。だからフロルさんがあいつを守らなきゃと思ったこと、俺も痛いほどわかります。記憶を消されて思い出せなくとも、一番上の兄として、妹の愛や美優になにかあったら全力で守る。でもそれはあくまで心構えです。ときに失敗し、二人を守りきれないこともあります。そしてこの心構えは無償で行うもの。決してそこに、自分も愛されたい、注いだ以上の愛を返してもらおうなどと見返りを求めてはいけないんです。記憶を失ってても、真がフロルさんの弟なのに変わりはないんですから、フロルさんも、いや、こんなときだからこそ、普段どおりの接し方をすべきです。あいつも今までどおりに接してくるはずですから」

「で、でも、あの子に私はなにも」

「真から逃げては駄目です。あいつは今、一人で病気と闘ってるんです。今のあいつに必要なのは、自分のそばで支えてくれる『家族』の存在。思い返してみてください。人買いに捕まって、フロルさんたちが助けに来てくれたあのとき、あいつはフロルさんを敵の攻撃から守りました。仲間だからって理由じゃ、あいつにとって有害な闇の魔法から、あなたを助けた意味に繋がりません。記憶には、心の記憶と体の記憶の二種類があると言われてます。あいつが記憶をなくしても、体はきちんと覚えてる。だからあのときあいつは、危険を顧みずにフロルさんを助けたんです」

「……………」

「真に記憶がないことを、あいつから逃げる理由にしてはいけません。記憶がないなら、また一からやり直せばいい。前に俺たちに、あいつを愛してやって欲しいと言ったように、フロルさんもあいつのことを愛してやってください。愛することを罪だと思わないでください。昔のこともあると思いますが、あいつのことを受け止めてやってください。それができるのも、やはりあいつの家族であるフロルさん、あなたしかいないんです」

「美由樹……」

フロルが呟いた。美由樹は、微笑みながら彼女の前に跪くと、彼女の頰を垂れる涙を優しく払う。蘇る記憶。三神の国の時代。生まれ故郷にて、村民たちから受ける嫌がらせに耐えられなくなり、弟のいる前で初めて泣いたあの日、幼い弟が小さな手を伸ばして、自分の涙を払ってくれた。その温もりは傷ついた自分の心を瞬く間に癒やし、彼の優しさを受けたからこそ、自分はその後の生活に耐えることができた。

過去の記憶がなくとも、美由樹の言うとおり、真は自分の弟に変わりない。最愛の彼を愛さない日は一度もなかった。それでよいではないか。フロルは、当時の想いを思い出させてくれた美由樹に弟の面影を見た気がして、泣くのをやめ、笑みを零した。

彼女の心の靄《もや》が晴れたからか、空を覆っていた雲の一部に穴が空き、月が顔を覗かせる。真ん丸と肥えた姿に、美由樹とフロルが見惚れる間もなく、二人の周囲でざわつきが起きた。地面が青白く輝き、よく見るとそれは、とても小さな茸の群生だった。月光を受けて傘の部分が青白く光っており、それを見た二人は目を丸くする。

「フロルさん、大手柄です。俺、知り合いに医者の卵の人がいて、そいつから前に、夜光茸の話を聞いたことがあるんです。傘の表面が無色透明で、満月の光を吸収して青白い光を放つって。これは間違いなくその夜光茸ですよ」

「これが夜光茸。これがあればシャイカを……ハッ。シャイカ」

夜光茸が作り出す幻想的な風景に、フロルは見惚れかけたが、すぐにも我に返った。手近の夜光茸の群生に歩み寄り、持てる分だけ採取して、仲間たちのいる荒屋へ駆け戻る。美由樹も、夜光茸を採ってから、フロルのあとを追った。

荒屋では仲間たちが、二人の帰りを待っていた。二人の手に夜光茸が抱えられているのを見て、仲間たちは目を点にし、琴に至っては仰天して飛び跳ねる。

「どうして二人が夜光茸を。とその前に、どこにそれが生えてたの。幻なのよ、それ」

「村の奥で見つけたんだ。これくらいあれば十分か？」

「ええ。十分すぎるくらい。今からこれを使って薬を作るわ」

「僕たちも手伝うよ。人数が多ければその分早くできるでしょ？」

「ありがとう、弥助。じゃあ早速作りましょう。まずは茸についた土を取って、傘と茎をこうしてちぎり分けて、石で磨り潰して」

美由樹とフロルから夜光茸を受け取った琴は、そう言うと薬作りに取りかかった。美由樹と蘭州、弥助もそれを手伝い、琴の指示に従って夜光茸を処理する。フロルは、そんな彼らに薬作りを任せ、居間の奥で横たわる真に歩み寄った。枕元に置かれた琴の竪琴からメロディーが奏でられていて、目を閉じ寝ている真の手に、フロルは自身の手を重ねる。真のそばにいた恵美が腕を組んで言う。

「琴に感謝しときなさい。こいつがこうして寝てんのは、琴が竪琴の力でこいつの時を刻むスピードを遅らせ、痛みを発しないようにさせたおかげなんだから。竪琴を止めれば痛みが復活しちゃうから、私が蘭州と弥助に睡眠魔法を教えて、二人がそれを習得してこうして眠らせた。あんたがいればこんな手間はかからなかったのに」

「そうね。私、今までなにをしていたのかしら。シャイカは、お母様が残してくださった弟なのに。美由樹に諭されてわかったのよ。自分がこの子から逃げていたのだと。でも、もうこんなことはしない。そばにいられるなら、時間の許す限りずっといてあげることにしたの。この子のためにも、私のためにも」

「いいんじゃない。困るもんじゃないんだから。こいつも喜ぶわよ」

「そうね。ありがとう」

フロルが素直に礼を言った。恵美が、顔を真っ赤にしてそっぽを向く。フロルは、そんな彼女にクスリと笑うと、すぐに視線を真に戻し、彼の髪をそっと撫でた。

翌朝、蔓《つる》で編んだ籠《かご》いっぱいに茸や木の実を入れて恵美が戻ってきたとき、真に飲ませる薬ができ上がった。今後のことも考え、収穫した夜光茸の半分を煎じ薬に、もう半分をカプセル錠にしたので時間がかかってしまったが、睡眠魔法の効果が切れ、竪琴が奏でるのを止める前に、真に薬を飲ませることができた。

皆が見守る中、上半身を起こして煎じ薬を飲んだ真に弥助が尋ねる。

「味はどう？」

「……苦い。舌がピリピリして、まるで唐辛子を食べたあとみたいだ。でもこれが、体に効いている証かもしれない。飲むごとに胸の痛みが減っていくのを感じるよ」

「それが夜光茸の特徴ですから。健康な人が飲むと毒ですけど、痛みを発症してる人には速効で、副作用も出ないので、夜光茸は本当に万能薬なんです。発作が治まってくれてよかった」

琴が説明した。真も含め、一同がなるほどと頷く。

「ごめんな、心配かけて。病気のことを話せば立場上、みんなに余計な心配をかけるんじゃないかと思って、ずっと黙っていたんだ」

「過ぎたことだから別にいいって。それより、ホントに体のほうはいいのか？　ほかに病気とかなんとか、隠しごとはもうねえよな」

「俺が隠しているのはそれだけだよ、蘭州。前は薬を飲まずとも発作が治まっていたんだけど、おまえたちには感謝しないとな」

「お礼なら佐藤君とフロルさんに言ってください。二人が、夜光茸を見つけて持ってきてくれたんです」

「俺はフロルさんを手伝っただけだよ。フロルさんってば、昨日が満月ってこと知って、一人で探そうとしてて。村の奥でそれを見つけたのもフロルさんなんだ」

琴の話に美由樹が首を横に振って答えた。フロルが驚いた様子で彼を見るが、真から感謝の言葉を伝えられ、困惑したまま無言で頷く。恵美が助太刀すべく話題を転換した。

「真の発作も治まったことだし、こっからは自分たちの今後について考えましょ。こんまま境界線上を歩くの、そろそろやめない？」

「そうですね。僕も、このまま闇雲に境界線上を行くのは危険だと思います。いつ敵に鉢合わせするかわからないし。って、琴、どうしたの？」

自身が話している間に琴が、皆から離れて部屋の隅に移動したのを見て、弥助が尋ねた。琴がこちらを振り向く。

「竪琴に呼ばれたの。竪琴がなにか言いたそうで、どうしたのかなって」

「そういやおめぇのそれ、不思議だよな。時の竪琴だっけ？」

「そのとおりよ、海林君。我が家に伝わる由緒正しきものなの。これには意志が宿ってて、これに選ばれた者は時使いと呼ばれ、こうして手に持ち、旋律を奏でて『時』の力を操るの。わかりやすく言えば、これは私の武器ね」

「へえ。旋律を武器にするって初めて聞いたな。なんかすごそう」

「魔法と似たようなものよ。私が魔力を持たない体質だから、竪琴のおかげで魔法が使えるの。世界の三大柱のうちの一人なのに、魔法が使えないなんて笑っちゃうでしょ？」

「えッ、琴って世界の三大柱だったの!?」

　弥助が驚いて聞き返した。途端に琴が、しまったッと言いたげな表情で真を振り向く。真がため息をついた。

「さっきはもうないと言ったけど、もう一つ隠していたね。琴が口を滑らせてしまった以上、隠し通すことはできない。言っていいよ、琴。俺とおまえが世界の三大柱と呼ばれていることを」

「三大柱？」

　美由樹が首を傾げた。恵美が呆れ顔をする。

「あんた、それでも守護者なの？『柱』は守護者の別名よ。世界の三大柱ってのは、守護者ん中でもトップクラスの力を持つ三人、光、時、命のことを指すの」

「てことはつまり……と、ちと待ってください。ここにゃ、そんうちの二人が揃ってんじゃねえっすか」

「やっと気づいたのね、州坊。時使いは時の守護者の別名みたいなものだし、命の守護者がここにいないのがせめてもの救いだけど、揃っていて、かつ三人ともに闇に堕ちたら、世界はそれこそジエンド。ワールドリフトどころじゃなくなってしまうわ」

「そんな。僕たちの状況ってそんなに危ないんですか？」

「たしかに俺たちが持つ力は、この世界のコアと言っていいものだから、俺たちが闇に堕ちれば世界はそれを失い、崩壊する。でもそれは、あくまで三大柱の全員が闇に堕ちたときの話だ。一人堕ちても、残りの二人の力で世界を支えるから、世界は崩壊しないよ」

弥助の問いに真が説明した。それを聞いて美由樹は、だからこの前、彼が闇に捕まったときは世界に異常が起きなかったのかと、内心納得する。

「ただしそれが二人となると、状況は変わってくる。俺たちもその先のことは知らないし、最悪な事態になることだけは想像ついたから、お互いに離れたところで、三大柱であることを隠して暮らしてきた。一箇所に固まると敵の格好の的になるからね」

「てことはやっぱり、早くここを動いたほうがいいんだね。敵がここを嗅ぎつける前に」

「そうね、弥助。ん、みんな、ちょっと静かにして」

琴が会話を中断する。仲間たちの視線が注がれる中で、琴は竪琴を見つめた後、竪琴の弦を一本弾いて音を出し、一曲奏で始めた。彼女の奏でる曲は、わざとそうしているのか、所々で音を外し、その都度リズムが崩れる奇怪なもので、空を飛んでいたトンビが急降下したかと思えば、地にぶつかる前に姿を牛に変え、激しく走り回る。走り回ることで体が溶けて、今度はカタツムリとなり、地べたを這いずり回る。そのうちそれは猫となり、一つ欠伸をして背を伸ばす。イメージとしてはそんな具合だろうか、アップテンポこの上ない曲に、それを奏でる少女自身も、曲に登場する動物たちが宿ったように舞い踊るので、仲間たちは開いた口を閉じるのも忘れて、彼女のそれに魅入る。

不意に美由樹が我に返った。琴の姿に見惚れていたが、別の少女の姿が目に浮かんだからである。舞の如く歌を奏で、心和らぐ温もりを感じさせる。琴のように楽器を持っているが、それは竪琴ではなくオカリナ。烈火の如き真っ赤な髪が印象的で、初めて自分を魅了し、自分と同じルーツを持つ者。しかしそれが誰だか思い出せない。前にもこのようなことがあったが、やはりここでも名を思い出せない。美由樹は、頭をフル回転させて少女の名を思い出そうとするが、脳が途端に思考を停止し、どうしても名を思い出せなかった。

そうこうしているうちに竪琴の音色がやんだ。舞っていた琴の動きも止まり、彼女は一息つくと皆を振り向く。

「竪琴が言った……って、あら？　みんな、ボケーッとしちゃってどうしたの」

「上手くなったじゃないか。前よりちゃんと語れていて、会話も成立していた。見ないうちに随分と上達したね」

琴の舞を見慣れていたのか真が、ほかの者たちと違って、そこまで見惚れることなく拍手を送った。琴が一礼する。

「でも、弾いたあとに疲れるのはどうにかならないんでしょうか。知らない間に疲れてるんですもの」

「仕方ないよ。竪琴の意識がおまえに乗り移って、一体になっているのだから。ところで、堅琴はなんと言っていたんだい？」

「もう、真さんったらわかってるくせに。でもいいです。堅琴はこう言ってました。このまま境界線上を辿ると大河に出る。川に沿って上流へ歩き、川の向こうに見える表星の陸地が間近に迫る場所があれば、そこで表星へ戻り、また奏でなさいと」

「大河だな。こういうときに堅琴は便利なんだよなぁ。道標になってくれて助かるよ」

「私はそれが不思議で仕方ないんですけどね。でも、出発する前にみんなを起こさなくちゃ」

　琴が指摘した。それを受けて真は、アッと声を漏らすと指を鳴らす。茫然自失《ぼうぜんじしつ》で立っていた仲間たちが、我に返って飛び跳ねた。

　そうして美由樹たちは隠れ家をあとにした。道中、また熱を出す者が現れたら大変なので、今度は休憩を定期的に挟みながら進むことにした。朝から昼にかけては多く進み、夕方から夜は少ししか進まず、深夜は睡眠をしっかり取る。緊急時以外はこれを遵守し、それが功を奏したのか、以後は皆、風邪を拗らせなくなり、体力の大幅な消費もなくなった。早朝に必ず準備体操をするようにもしたので、一同は元気百倍で、堅琴が示した大河を目指して歩き続ける。

　どこまでもどこまでも、表星に戻れるその場所を求めて前へと押し進む。まさかこの瞬間に、この前までいたあの荒屋に赤羽太夫が現れたことなど知る由もなく、彼らはひたすら歩き続けるのだった。

第十章　脱落

歩き続けてどのくらい経ったのか。日付感覚のない今、今日が逃亡生活の何日目か、美由樹たちはわからなくなっていた。朝と夜が何回も過ぎ、また朝が来たので進んでいたら、目的地に到着する。

竪琴が言っていたことは事実だった。今まで美由樹たちが歩いてきたところは裏星寄りで、表星が海だったためにどうしてもそちらを歩かざるを得なかった。その海へ流れ込む大河に行き着いた一行は、大河の上流へと川岸を進む。すると対岸に、表星と思われる陸地が見えてきて、もう少しだと歩き続けること二日。川幅が極端に狭まり、対岸の陸地が間近に迫る。川の中に転がる岩の上を跳んでいけば、泳がずとも渡れそうだったので、美由樹たちは岩から岩へ飛び移り、対岸へ渡った。

表星に戻ってきたことで、それまで感じていた違和感がなくなる。地に足着いた気分で、皆は大きく背伸びをし、すぐにも体勢を戻すと、琴に再び竪琴を弾くよう促した。琴が頷き、竪琴を取り出しては、また曲を奏で始める。今回も奇怪な音色だったが、前回と違うのは、それがさほど奇怪と感じられなかったことだろう。これも表星に戻ったせいかと思いつつも、美由樹はまた少女の幻覚を見る。このときも、前回と同様に名を思い出せず、竪琴が鳴りやんだ。

弾き終えた琴は、弾き疲れた表情は見せたものの、すぐにそれを引っ込め、南に進むよう指示があったことを告げた。皆は頷き、今度は南へ向かって歩を進める。荒れ狂う川を筏《いかだ》を作って渡り、奈落の底から風が吹き荒ぶ崖を飛び越え、足を泥だらけにしながら湿原を抜ける。猛烈に寒い峠で雪崩《なだれ》から逃げたり、一方で猛暑の砂漠を何日かかけて進んだり。美由樹は、まるで世界旅行をしている気分になりながらも、仲間たちに後れを取らないよう足を動かし続けた。

それからどのくらい進んだのか。名も知らない森に入り、そこで三日経った日の夕暮れ。美由樹たちは、森の中で見つけた小川の畔で野宿することにした。裏星と違って川は綺麗で澄み切っており、群れで泳ぐ魚の姿が見られる。彼らは、活きのいい魚を人数分捕まえては、原始的なやり方で熾した焚き火で、それらを焼いた。

魚が焼き上がったころには、辺りはすっかり暗くなっていた。焚き火を囲みながら、魚を食べる一同。逃亡生活にも慣れが生じ、火熾しも早くなり、魚を素手で捕まえるのも難儀ではなくなった。食べられる茸や木の実、薬草などの見分けもつくようになり、彼らの生活はいつの間にか、アウトドアキャンプの感覚になっていた。

しかしそれは就寝するまでの話だった。昼間をどれほどにこやかに過ごしても、夜になると途端に恐怖が襲いかかる。食べ終わり、火を消して就寝しても寝つけない。ここ最近の美由樹の夜はずっとこうで、家族や友人、仲間など一人一人の顔が闇の中に浮かんでは消え、浮かんでは消えてを繰り返す。笑顔で自分の名を呼ぶ彼らが闇へ消えるのを見ると、胸が締めつけられる。夜がこれほど悲しさで溢れていることに、美由樹は涙を流さない日は一度もなかった。

　会いたい。しかし会えない。敵に見つかれば自分たちは逃げきれない。だから逃げる。逃げるから家族や友人、仲間の存在が遠退き、余計に会いたくなる。会えない不安に押し潰され、胸が苦しい。美由樹は一人起き上がり、小川で顔を洗った。ため息をつき、水面に映る自身の顔を見つめる。

「どうしたんだい、美由樹」

　不意に後方から声をかけられた。驚いて振り返ると真が立っており、こちらを心配そうに見ている。美由樹が胸を撫で下ろした。

「真か。これはその、ちょっと眠れなくて」

「そうだったのか。隣に座ってもいいかい？」

「もちろん。そうしてくれると俺も嬉しいかも」

　言いつつも、美由樹の声は次第に小さくなっていった。真が余計に心配そうな表情で彼の名を呟き、隣に腰を下ろした。

「そうか。やはりおまえも、みんなのことを夢に見ているんだね」

「夜になると、な。ここ最近は毎日のように」

「それは辛いな。みんなが笑っているのだろう？」

「そして俺を呼ぶんだ。美由樹、美由樹って。なんかあっちに誘われてる気がして。でも、みんながいなくなると急に恋しくなって。目覚めるとそこにみんなの姿はなくて、なのに夜になると現れて、また俺を呼んでくる。今すぐ会いたいのに会えなくて、それが無性に悲しくて。毎晩のように泣いてるのに、涙がこれでもかと出てきて、止められないんだ」

「美由樹……泣いていいんだよ。涙は我慢するものじゃない。我慢せずに泣いていいんだよ」

「真……お、俺、は」

言葉を噛む美由樹。涙腺が崩壊する音を聞いて、美由樹は真に縋りつき、これでもかと泣きじゃくった。すべて吐き出すように、全身を震わせながら、涙が涸れるまで泣き続ける。真はその間ずっと彼を支えた。若葉から滴る水を受け止める器のように、美由樹を優しく抱き締める。美由樹に内緒で目を開けていたほかの仲間たちも、耳で美由樹の泣く声を聞きながら、労るように目を閉じた。

深夜を過ぎ、空の果てがうっすら明るくなっても、美由樹の涙は止まらなかった。それでも、日が地平線から顔を覗かせたころには終わりを告げ、仲間たちが目覚めたときには、美由樹の心は落ち着きを見せる。目が赤く腫れてしまったので、笑いの的にされると美由樹は思ったが、仲間たちは普段と変わらぬ様子で挨拶を送った。美由樹の脳裏に、涙腺が崩壊する音が再び響くが、美由樹は慌てて首を振り、いつもと同じ笑顔で挨拶を返した。仲間たちにも笑みが零れる。これでもう心配はいらないと、皆は火を熾し食事をして、竪琴から応答があるまで、進行方向を変えずに歩き続けた。

　道中、川を一つ、峠を二つ越えた一行は、最後の峠を越える前に無人の小屋を見つけたので、そこで一旦休憩を入れる。二、三十分滞在し、その後に再び歩き始めた。その間、竪琴からの応答はなく、南に歩き続けること少々。小屋からそう遠く進まないうちに琴が、なぜかペースを落として皆の後ろを歩くようになり、遂には足を止めてしまう。美由樹がそれに気づいて彼女に駆け寄った。

「どうしたんだ、時任。なにかあったのか？　あ。もしかして、さっき小屋で食べた茸の食べ合わせが悪くて、腹痛《はらいた》でも起こした？」

「ウウン、違うの。ただ……ねえ、佐藤君。一つ頼んでもいい？」

「え、俺に？」

「うん。あなたに聞いて欲しい。ウウン、あなたでないと駄目なのよ。その、これを預かって欲しくて」

　小声になりつつも琴が、竪琴を取り出しては美由樹に手渡した。

「えッ。あ、でも、これがないとおまえは」

「あなたの言いたいことはわかるわ。でも、竪琴がそうしろと言ったの。どうしてかは知らないんだけど、私もあなたにならそれを託せる気がして。だからお願い。それを預かってて」

「別にいいけど、いつまで？」

「わからないの。竪琴も、そのときが来るまでとしか教えてくれなくて。あ、この弦を鳴らすとね、竪琴のサイズが小さくなるのよ」

そう言うと琴は、竪琴の弦を一本鳴らして見せた。すると竪琴のサイズがコンパクトになり、そうかと思えば竪琴が光る粒子となって、美由樹の右腕に吸い寄せられる。美由樹が驚くのも束の間、そこに装着していたブレスレットの宝石に吸い込まれ、宝石の中に姿を消した。

「なるほど。だから竪琴はあなたを選んだのね」

「え、どういうことだ？」

「あなたのそのブレスレットも、竪琴と同じ特殊なものだってこと。それを持つ者だから、竪琴はあなたを隠れ蓑《みの》に選んだ。竪琴のこと、お願いできるかしら」

「わかった。返してくれと言うまで、これを預かっとくよ」

美由樹が約束した。琴が嬉しそうに笑みを浮かべ、直後に蘭州の呼ぶ声が聞こえてくる。仲間たちが、二人が遅れているのに気づいて待ってくれているらしい。返事をした琴は、美由樹に今の取引を内緒にするよう頼んだあとで、蘭州たちの元へ走っていった。美由樹も彼女に頷き、仲間たちと合流する。

道なき道をひたすら突き進む。一行はその後、山を一つ、川を二つ越えた。崖の登り下りを四回ほど繰り返し、再び山を一つ越えて、その先にあった山の頂きまで来たとき、彼らの一日が終わる。

夕暮れ時。地平線に沈み行く夕日を眺めながら、皆は野宿の準備に取りかかった。火を熾し、落ち葉などで寝床を拵える。彼らが野宿に選んだ場所の周辺には、茸や木の実だけでなく、果実のなる木が生えていたので、その日の夕飯は、今までの野宿生活の中でも一際豪華なものとなった。

感極まる一同。しかし美由樹は、なぜかその景色が、最後の晩餐《ばんさん》の気がしてならなかった。なぜそう思ったのか、彼は自身のことながらわからず、疑問を抱くが、よもやそれがこのあとで的中しようとは予想していなかった。

美由樹がそのことを知ったのは、次の日の朝だった。いつものように同じ時刻に起床し、朝の体操をしてから朝飯を作り、食べて、腹が落ち着いたころに一行は出発する。旅のルールに従い、和気藹々《わきあいあい》と下山していた矢先、先頭を行く真が突然立ち止まった。それまでの笑顔から一変し、険しい表情になったので、彼の視線の先に目を向けると、そこには一人の男が立っていた。黒マント姿で、三色に彩られた髪が、被っているフードからはみ出していて、それを見た美由樹たちは硬直する。男の正体が敵の赤羽太夫であることに気づいたからである。

一方で太夫は、美由樹たちの存在に気づくと口角を上げて言う。

「待ち兼ねていたぞ。またお目にかかれたこと喜ばしい限りだ」

「おじさん……どうしてここに。僕たち、あれほど逃げ回ったのに、どうして追いつかれたの？」

「弥助よ、その答えは聞かずとも知れているはずだ。神出鬼没と皆より称される私がどこに現れようと、驚くことはなかろう。まあ貴様らが、世界というフィールドで鬼ごっこを始めるから、こちらは貴様らを見つけるのに難儀したが、それもここまでだ」

太夫が前に出た。同時に美由樹たちは三歩後退するも、太夫に気を取られている隙に、彼の部下十数人に周りを囲まれてしまい、それ以上は下がれなかった。美由樹たちがその手に武器を構える。

「ほう。逃げ場のないこの状態でも抵抗するというのだな。それならこちらも強硬手段を取らせてもらおう。やれ」

太夫が命令した。部下たちが一斉に美由樹たちに襲いかかる。美由樹たちは瞬時に四方へ散り、攻撃を躱《かわ》しながら南へと走った。

しかし敵の大将は太夫である。美由樹たちが南に行くことを見通していたらしく、部下の壁を突破した美由樹たちの前に、今度は四十人近い敵軍が立ちはだかる。不意を突かれた美由樹たちは、合流したすぐあとにまた二手に分かれ、敵の壁を乗り越えようとした。

直後に後ろで悲鳴が上がった。一番後ろを走っていた琴が、敵の一人が投じた鎖に足を取られ、バランスを崩して転倒する。慌てて仲間たちが引き返そうとするも、その前に琴は敵に取り押さえられ、手刀を受けて気絶させられてしまった。

弥助が琴の名を叫んだ。恵美の制止も聞かずに、地面に横たわる琴へ駆け寄る。今度は美由樹が、弥助の名を叫んだ。

「行っちゃ駄目よ、美由樹。彼は捕まったも同然だわ」

「で、でも、弥助と時任が」

「いいからッ。あなたも彼らみたいに捕まりたいの？」

フロルが美由樹に問うた。仲間は見捨てられないが敵に捕まりたくない。美由樹は酷く葛藤し、悔しさを前面に押し出しながらも内心で二人に謝ると、捕まらなかった仲間たちと南へ走り去っていった。そんな彼らの後ろで、弥助は敵に包囲され、拘束される。

弥助と琴が敵のアジトへ連行される。一方で、敵の包囲網を突破した美由樹たちはというと、そこから五キロ離れた山の麓の洞穴の中で、息を切らしながら身を潜めていた。仲間の二人が捕まったことに皆、一様に気落ちし、暗い表情をする。しかしここは、さっきの現場から少ししか離れておらず、いつまた敵襲に遭うかしれない。

敵の包囲網を完全に突破するには、敵が弥助と琴に気を取られている今しかないと、美由樹たちは外へ出るが、一難去ってまた一難。今度は三十人もの山賊に囲まれてしまう。

山賊を率いていたのは、敵の利明だった。太夫の命で美由樹たちが逃げ込んだ洞穴のある一帯を見張っていたらしく、三時間待った甲斐《かい》があったと、利明はナイフを、手近にいた真に突き出した。真はそれを躱すと、仲間たちに合図をし、背後の山を駆け上る。仲間たちが、攻撃を躱してあとを追い、利明やその子分たちも、競走をしているように一斉に山を登り始めた。

一番初めに山頂に着いたのは、もちろん美由樹たちだった。彼らは、息つく暇もなく今度は山を駆け降りた。ところが前方には、敵の部隊がもう一つ待機していた。前門の虎後門の狼《おおかみ》と言わんばかりの状況に、彼らは焦りの色を滲《にじ》ませるも、虎穴に入らずんば虎子を得ずで、山から駆け降りてきた勢いを活かし、その部隊を正面から突破することにした。

そして彼らが取った作戦は、敵の部隊を攪乱《かくらん》するに十分な効果を発揮した。敵がこちらの存在に気づいて武器を構えたころには、美由樹たちは間を走り抜け、壁を突破していたのだ。これには作戦を考えた美由樹たち自身も驚くが、彼らよりもっと驚いたのは、彼らを追いかけ、部隊のいる場所までやってきた利明であった。

「なにやってんだ。追え！」

味方の失態を見て、彼らと合流することなく、追いつき追い越した利明が檄《げき》を飛ばした。部隊の者たちが我に返り、利明の部隊と合流して美由樹たちを追う。それを見た蘭州が悲鳴を上げた。

「ひえーッ。敵が増えてるぅ」

「参ったわね。欺く術かなんか考えないと、こっちにだって限界があんだから……って、前ッ」

恵美が前方を指さした。見るとまたしてもそこに、十五名ほどからなる敵の部隊が陣を構えていて、やってくる美由樹たちに気づくと、武器を手に彼らへ突撃した。今度は美由樹が悲鳴を上げる。

「先読みして部下を配置しておくなんて、なんて頭の切れる人かしら。ここは方向転換するしかないわね」

「そ、そうだな。それなら……ハッ。みんな、右だ！」

フロルの言葉に、真は急いで周りを見渡した。右手の茂みの奥に獣道があるのを見つけた彼は、皆にそう合図すると、茂みを飛び越える。皆も越えて、獣道を走り続けた。

どのくらい走っただろうか。そろそろ体力が限界に達しようというころ、それでも美由樹たちは足を止めずに逃げ続けた。彼らを追う敵も、気づけば二百人規模の大軍となっており、声を上げながらしつこくあとをつけ回す。逃げる、追うのデッドヒートが延々と続き、そのようなことをしているうちに一行は、砂利道の敷かれた平原に辿り着いた。真が「ここは」と目を瞠った。

「どうしたんだ、真。ここを知ってるのか？」

「もちろんだよ、美由樹。ここは虹之原《にじのはら》と呼ばれる場所で、このまま真っすぐ行くと大きな町に出る。万国町《ばんこくちょう》というんだ」

「あッ。そこ、俺様のじーちゃん家《ち》がある町だぜ。そっから十キロほど離れたとこにゃ鈴街町があんだ」

「じゃあ私たち、戻ってきたのね。よかった。やっと戻れて」

恵美が胸を撫で下ろした。それも束の間、彼女は石に躓《つまず》いて転んでしまう。彼女の悲鳴を聞いて、仲間たちが急停止して振り返った。彼女の後方から、二百人の軍勢が迫る。

フロルが恵美の名を叫んだ。急いで彼女の元へ駆け寄り、腕を掴んで引き起こす。美由樹から後ろッと声が上がった。恵美とフロルに向かって、矢の雨が飛んできているではないか。フロルが急いで手を前に突き出し、次元の力でバリアを張ってそれを防ぐ。

「私が彼らを食い止める。その隙にあなたたちは行きなさいッ」

「でも、そんなことしたらフロルさんが」

「あら、州坊。私を誰だと思っているの。私は世界大四天よ。こんなザコ相手に負けるわけがないじゃない」

「できませんッ。目の前で誰かが捕まるなんて、もう嫌なんです」

美由樹が抜刀して言った。フロルが首を横に振る。

「そんなかまけたこと言っていないで、体力が尽きて全員捕まったらどうなるか。私にはまだ余力があるし、逃げる方法も知っているから、あなたたちだけでも逃げてちょうだい。これは命令よ！」

「フロル……わかったわ、フロル。みんな、行きましょ」

「恵美さんッ」

「フロルはああ言ってんのよ。なら大丈夫に決まってんわ。ほら、真。あんたも行くわよ」

「で、でも彼女が……姉さんッ」

真が、腕を恵美に引っ張られながら叫んだ。フロルが目を丸くして彼を振り向く。

「姉さん。シェイル姉さん！」

「真、あなた、記憶を取り戻したのね。アア、ありがとう、シャイカ。いつまでも元気で。愛しているわ」

最後の言葉は、弟の耳には届かなかったかもしれない。仲間に引き摺られ彼の姿が遠ざかっていくのを見て、フロルは、それでも思いは届くと信じて言葉を発した。決意を胸に、張っていたバリアを解くと、自分を取り囲んだ敵たちと対峙する。

「さあ、どこからでもかかってきなさい。今の私は今まで以上に強いわよ。手加減はしないからね！」

第十一章　終焉

フロルと別れてから五時間が経過した。美由樹たちは、虹之原の先にある万国町の、蘭州の祖父母宅に身を寄せていた。

無人の町、無人の家。誰もいないとわかっていても、やはり物寂しい。暖炉の中で火の粉が跳ねる。彼らのいる真っ暗なリビングに重い空気が漂う。暖炉の前で火を眺める真も、ソファに座る恵美と蘭州も、カーテン越しから外の様子を見る美由樹も、誰もなにもしゃべらなかった。初めのころのメンバーに戻ったことで、彼らはより一層、喪失感に苛まれ、それはいつまでも彼らの心を揺らし続ける。

夜となり、暖炉の火が消えたころ、皆は床に就いた。蘭州がほかの部屋から持ってきてくれた毛布を羽織り、恵美と蘭州はソファの上で、真と美由樹は暖炉のそばで眠った。

どのくらい時間が経っただろうか。今まで出ていた月が突然雲に隠れてしまったとき、美由樹はふと目が覚める。

暖炉の中で火が踊っている。消したはずなのに、誰かが点けたのだろうか。蘭州と恵美は深く眠っているようで、火の粉が跳ねても目覚めることはなかった。

火を点けたのは真だった。不規則な動きをする火を、飽きもせずに見つめている。その顔はどこか悲しげに見えて、美由樹は彼の名を呟いた。

「あ、美由樹。起こしちゃったかな」

「ウウン。なあ、真。おまえ、もしかしてフロルさんのことが気になってるのか？」

「………………」

「……そうだよな。気にならないはずないもんな。俺も、フロルさんにかける言葉を考えるって約束したのに、思いつく前にフロルさんと別れることになっちゃって、ごめん」

美由樹が謝った。

真は、しかし暖炉の火を見つめたまま、しばらくして、

「俺は、言えなかったんだ」

と呟いた。美由樹が顔を上げる。

「俺は言おうとした。船上でおまえに言われたとおり、姉さんに、俺の記憶が戻ったことを言おうとした。でも言えずに、彼女が囮《おとり》として残ったあのとき、俺は咄嗟に『姉さん』と叫んだ。それを聞いて彼女はとても驚いていたけど、そのあとで笑ったんだ」

「よかったじゃないか。フロルさんはわかってくれたんだよ。おまえが記憶を取り戻したことを」

「でも俺は、結局は口で伝えられなかった。ちゃんと伝えようとしたのに。伝えられなかったことが悔しくて、悔しすぎて」

「真……おまえらしくないよ。そこまで深く考えるなんて。フロルさんはそんなのおまえに求めてないし、逆に悲しむと思う」

「え？」

「俺、フロルさんを見て、記憶を失うことはとても悲しいことだと気づいた。失われた記憶にはたくさんの人が住んでて、そこにしか生きられない存在がいるのをフロルさんは知ってたから、おまえのことを悲観してた。でも、さっきのフロルさんは違った。おまえの記憶が戻り、『姉さん』と呼んでくれて嬉しかったから、最後に笑ったんだと思う。フロルさんのことを思うならおまえも、えっと、こういうの、ことわざとかでなんて言うんだっけ？」

「クス。励ましてくれてありがとう。たしかに、こんなことをいつまでも考えているのは俺らしくないな。姉さんも、こんな俺を見たら拳骨の一つや二つ、お見舞いしてきそうだしね」

真が小さく笑った。

「今になって俺は、姉さんを蘇らせた意味がわかった。俺は姉さんを愛していたんだ。父や祖父、村民の誰からも存在を否定され続けた俺を、姉さんだけは認めてくれた。記憶を失い、姉さんに酷いことを言ったのは心残りだけど、姉さんがいてくれたから、俺は今ここにいる。美由樹、もしこのまま俺たちが逃げきれず、敵に捕まってしまったら、それでもおまえはみんなを助けようと思うかい？」

「もちろんだよ。どんなことがあろうとみんなを助け出す。困ってる人を助けるのが俺の仕事で、俺の役目だから」

「じゃあもし、本当にもしもの話だけど、一人の命で何万何千もの命を救えるとしたら、おまえはどちらを選ぶ？」

「えッ。あ、そ、それは……俺は、どっちの命も助ける。誰も犠牲にならない方法があるはずだから、それを探す。誰かが犠牲にならないと誰も救えないって、そんなのおかしいし、嫌だから」

「美由樹……そうか、そうだよな。美由樹」

「なに？　って、あ、ええッ」

美由樹がおかしな声を上げた。真が、彼の腕を摑んで自分に引き寄せ、その額に自分の額を当ててきたからである。慌てる美由樹に、真は大丈夫と言い聞かせると、額に隠されていた印を浮かばせ、光を放った。蘭州と恵美が起きないのが不思議なほど眩しかったそれに、美由樹は怯んで目を瞑る。

光に慣れて目を開けたとき、美由樹は真っ白な世界を漂っていた。以前にも来たことのある世界に三人で漂っており、一人は自分自身で、もう二人は少女だった。緑色の光を発する少女と、白色の光を秘めた少女。見覚えのある二人に、美由樹は再会できたことを喜んだ。二人の少女も無言で微笑み、後ろを振り返る。そこには真がいて、しかしそれは彼でなかった。彼の姿をした別人が、内側から光を発しながら立っている。美由樹が誰だと尋ねた。

〝吾が名は光《こう》〟

その者が答えた。美由樹が「光《こう》？」と聞き返す。

〝然う。世界を支える光〟

「世界の光。じゃあ真は？」

〝吾が主は今、汝《なんじ》の前に居る〟

「でも、いませんよ」

〝其れは汝が別の世界に居るからだ。誰もが存在し、然れど誰も存在しない世界。選ばれし者しか入れない、未知の領域〟

「俺は、選ばれた？」

〝然う。吾が主が見付け、吾が認めた。其の為に汝は此処へ来た。此から云う事は汝にしか分からない。来なさい〟

青年が二人の少女を呼んだ。少女たちは彼の隣に立ち、その手を取って跪く。

〝此の者達は汝の力。吾は吾が主の力だ。吾は此より汝に取り入る。此は吾が主の為。主が捕まっても、吾が汝の中に在る限り、主は死なず、世界も滅びない〟

「取り入るって、どうやって？」

〝汝が吾が存在を認め、吾を跪かせれば良い。汝の力は其のような力故、吾を跪ける事は容易な筈だ〟

「俺には、できません」

〝出来る。主が認めたのだから〟

「それでも、できません」

〝ならば此の儘、世界が滅びるを見るほか無い。誰も救えず、己も助からない。犠牲と為るだけだ〟

青年が声を強めて言った。美由樹が反論できなくなる。

〝吾が主や家族、仲間、世界中の人々を失いたくなくば吾を認めろ。白き少女の力を使い、碧き少女の優しさを以て、吾を認めるだけで良い。然すれば吾は汝の一部と為り、汝の力と為る〟

「それでも、俺は……俺には、やっぱりできません」

〝否、汝は然うせねば為らない。時間が無いのだ。汝は自然から選ばれ、神力からも選ばれた。而《そ》して今、聖為る時からも選ばれた。汝の持つ竪琴が何よりの証。其れを扱えるのも汝しか居ない。万物全てが汝の為に生まれ、汝も亦、世界から選ばれた逸材。其のような汝が、世界の為に動かねば為らない時に何故動かない。もう一度云う。汝は認めるだけで良い。後は全てが時の流れの如く、自ずと結果を出す。さあ早く。夜が明ける前に〟

「……認めるだけでいいんですよね」

意を決したように美由樹が尋ねた。青年が頷き、それを見た美由樹は、静かに息を吐いて唱え始める。

「我、二つの力なる者。ここに汝の望むべき者がいる。我、それを認め、かの者の力となる。我が前に従え、我とともに生きよ。我、汝を次なる力として、今ここに迎え入らん」

美由樹の口から言葉が出るにつれて、青年が一歩ずつ近づいてくる。そして美由樹が言い終わったときには、青年は美由樹の眼前に立ち、静かに跪いては頭を垂れた。少女たちも、主人の脇に立ち、青年と同じように頭を下げる。

途端に美由樹は、凄まじい力が体内に侵入し、全身を駆け巡る衝動に襲われた。体を引き千切られるような激痛が走り、美由樹は苦しみもがき、その場に倒れそうになる。しかしそこで、根性を見せねばという思いが芽生え、彼は歯を食い縛って痛みに耐え続けた。

不意に辺りが真っ暗になる。閉じていた瞼を開き、現実世界に戻ると、真の光はすでに収まっていた。美由樹が真を振り向く。光る前の姿に戻っていたが、彼から感じる光の気配だけは、前と違ってなんとも弱々しくなっていた。光の力を抜いたせいか、美由樹が声をかける前に体がぐらついたので、美由樹は慌てて両手を伸ばし、真を支えた。

「真。しっかりしろ」

「美、由樹……会えた、か？」

「ああ。でもおまえ、こんなにも光の力を俺に渡して大丈夫なのか。発作は？　おまえの心臓は、光を失えばもう」

「大丈夫。力の持ちすぎは、敵に……大変だ、から」

「でも倒れかけたじゃないか。おまえが元々持ってる光の気配も弱くなってきてるぞ」

「いい。こうしなくちゃ……ありがとう」

真が礼を言った。そう言いつつも真は、次第に目が霞みがかり、大丈夫と言い残し、目を閉じて寝始める。美由樹は、彼の名を呟いたあとで彼を床に寝かし、上に毛布をかけてやった。暖炉の火を消し、自らも就寝する。

翌日、美由樹たちは鈴街町に向けて出発した。万国町を知る蘭州を先頭に、恵美、美由樹、真の順番で町を進む。

昨晩の一件以来、真は、朝に目を覚ましても眠そうな顔をしていた。力を誰かに分け与えることは、その分、魔力を失うことを意味する。魔力は体力と直結しているので、その喪失は肉体に眠気を誘発し、真も激しい眠気と闘っていた。事情を知らない蘭州と恵美はとても心配したが、真は大丈夫と言って詮索を回避する。そんな真を見て、美由樹は余計に不安がったが、やはり力を返そうと、真に声をかける前に、脳裏に昨晩の声が響き渡る。

〝走れ〟

「え？」

〝敵が近くに居る。此の町を今直《す》ぐに出よ〟

「あ、はい。わかりました。なあ、みんな。ちょっと走らないか」

そう言って美由樹は、声に言われたとおりに、今自分たちが歩いている石畳の道を走りだした。仲間たちが、彼の行動を不思議に思いながらあとに続く。

「急にどうしたのよ。今日のあんた、ちょっと変よ。真もそうだわ。なんかあったの？」

「な、なにもないですよ、恵美さん。ただ野性の勘が、敵がすぐそばにいる、囲まれる前に走れと言ってる気がして」

「そのとおりだぜ、坊主」

美由樹が答えた直後、聞き覚えのある男の声が頭上から聞こえてきた。見上げるとそこには敵の利明が、家々の屋根の上を並走しているではないか。彼の後ろには昨日の倍の子分がおり、反対側の屋根でも、相当数の子分が並走しているのが見えた。挟まれたと知った美由樹たちは、走れッと蘭州が叫ぶと同時に、全速力でその場から駆け出す。敵もスピードを上げ、魔法玉を次々と美由樹たちに飛ばした。慌てて避ける美由樹たち。蘭州がこの町を知り尽くしていることを幸いに、彼らは町中を駆けて敵を撒こうとする。時には敵を翻弄するギミックを仕掛け、そうかと思えば反対に、敵と鉢合わせして元来た道を戻る。町の至るところに敵の部隊が配置されており、逃げている中で美由樹たちは、この町が昨晩のうちに完全包囲されたことを知る。

いや、完全ではない。蘭州は、敵の包囲網に一箇所だけ、抜け穴ができているのに気づいていた。メインストリートのことで、家々が密集していないそこを通って、その先にある橋を渡り、直後に落とせば、こちらの逃げる時間は確保できる。川はあいにくの旱魃《かんばつ》で水深が足首ぐらいしかないそうだが、人は緊急時以外でそのような場所に飛び込むことを無意識に避ける癖がある。その一瞬の隙を突けば脱出は可能だと、蘭州が仲間たちに提案した。皆は二つ返事で了承し、蘭州のあとに続いてメインストリートへ駆ける。

それが運の尽きだった。メインストリートに出て、敵の攻撃を回避しながら川へ直走ったところ、架かっているはずの橋がすでに落とされていたのだ。川の向こうには、千人もの敵の大軍が待ち構え、その先頭では赤羽太夫が、腕組みをしてこちらを睨みつけていた。

先を読まれた。美由樹たちは、前方を塞がれ、後方からも利明たちが迫ってくるのを受け、最後の手段の川底を走って、この危機を脱しようとした。そこですべてが決して、美由樹たちが川に飛び降り、底に着地した刹那に太夫が動く。美由樹たちの頭上に跳び上がると、彼らの中心に衝撃波を叩き込んだ。狙いは的確で、蘭州は町がある陸地へ、恵美は彼とは反対側の陸地へ、美由樹は川の上流へと飛ばされ、真はその場で太夫に取り押さえられてしまう。

もう勝ち目はなかった。散り散りに飛ばされた先で、少年たちは身柄を押さえられる。彼らの逃亡生活はここで幕を閉じ、武器を取り上げられた彼らは、喜色満面の敵たちにより、敵地へ連行されるのだった。

第十二章　封印

「放しやがれ。こらッ」

蘭州がもがいた。しかし両脇を固める部下たちは、彼を決して放そうとはしなかった。

美由樹たちは、拘束されたあとに、彼らのアジトへ連行された。アジトは、事前に報告を受けていたとおり、裏星にあるピラミッド型の大きな遺跡にあった。闇の神殿と呼ばれる遺跡で、とうとう来てしまったと、美由樹は逃げたくて仕方がなかった。しかし手を縛られている上に、部下の一人に腕を掴まれていたので逃げられず、彼はため息をついて、どこまでも伸びる階段を上る。二十人の部下に囲まれている恵美や真も、重々しい表情で階段を上り続けた。

どのくらい上ったのか、前方に一点の光が現れる。流れに逆らう暇もなく、光の向こうへ足を踏み入れた一行は、光の向こうが遺跡の頂上で、パルテノン神殿に外観が似た、それは立派な神殿が建っているのを見る。先頭を行く太夫は、装飾の施された柱の列を抜け、正面入口の門を開くと、そのまま中へ入った。美由樹たちも、部下たちに小突かれてあとに続く。

コツコツと足音が廊下に響き渡る。廊下はどこまでも続いていて、その奥には大きな扉があった。扉の奥にも廊下が続き、奥にはまた大きな扉が立っていた。神殿内部は、一から五の広間をメインの廊下が貫く構造になっているようで、一行は、二の間と呼ばれる広間へ来たところで二手に分かれる。美由樹と真、太夫、彼の部下が十人の組と、それ以外の組である。美由樹や真と別れるとあって、蘭州がもがき、二人の名を叫ぶが、たちまち部下に取り押さえられてしまった。美由樹が彼の名を叫び、真が太夫を睨みつける。

「蘭州たちをどうするおつもりですか」

「案ずるな。あの者たちには仲間の元へ行ってもらうだけだ。貴様らはこちらへ来い」

言うと太夫は、美由樹と真の双方を縛る縄を引いて、扉の奥へ進もうとする。二人は抵抗するが、部下たちに腕を摑まれ、担がれてしまい、太夫に続いて扉の奥へ連れていかれる。呼び合う仲間たち。その前で扉が音を立てて閉まった。

「あの者たちのことは案ずるなと言ったはずぞ。貴様らは、これからあの方の元へ行くのだ。いつまでもここにいられたら困る」

絶望に苛まれる二人に太夫はそう言うと、縄を強引に引っ張った。男の力に圧倒された二人は、渋々ながらあとに続く。

蘭州たちは大丈夫だろうか。酷いことをされないだろうか。美由樹が歩きながらそう思ったとき、例の声がまた頭の中に響く。

〝彼等は心配無用。友は牢へ、姫は王室へ連れて行かれただけだ〟

「え」

〝良いか。汝が此より会うは、世界の闇を司る者だ。心を無にし、彼《か》の言葉に決して耳を傾けるな〟

「で、でもそれは」

〝汝なら出来る。吾とは次の扉から話せなく為る。後は汝次第だ。運命に逆らっては為らない〟

言うと声はそれきり黙り込んでしまった。待ってくれと美由樹が心の内で声に語りかけるが、その前に一行は四つ目の扉を抜ける。

途端に美由樹は、今までに感じたことのない強力な闇の気配を感じ取った。廊下を進むごとに背筋が凍り、激しい悪寒に襲われる。真も同じものを感じたのか、顔が青ざめた二人は立っているのも辛くなって、廊下の半ばで膝を突いた。太夫が立てッと怒鳴るも、二人が一向に立つ様子がない、というより立てないのを見て、部下たちに合図を送る。部下たちが、美由樹と真をそれぞれ五人がかりで脇に抱え、太夫のあとに続いて、前にあった五つ目の扉を抜けた。

それが最後の扉だった。扉の先に広がるのは、ドンヨリと漂った煙だった。瘴気と表現したほうがよいか、そのような煙の中に太夫は悠然と入ると、指を鳴らす。漂う煙が目にも留まらぬ速さで太夫の脇に集結し、階段状に姿を変えた。階段の先は、気づけばここだけ天井が剝がされ、丸見えとなった空へと続いていた。太夫が階段を上り始める。部下たちも美由樹と真を抱えたままあとに続き、煙の中に入ると、美由樹と真は激痛に見舞われた。階段を上るにつれてそれは度合いを増していき、悲鳴を上げたくとも上げられない状況に、二人は歯を食い縛って耐える。

そうこうしているうちに、一行は頂上に到着した。そこは雲上の世界で、澄み切った空とは言い難い、黒と紫、灰色が混ざった色をしていた。大小様々な暗雲が足元に立ち込めている。その上に浮かぶ、大きな魔方陣の上に出た一行だが、よく見ると魔方陣の中央には、無人の黒い椅子が一脚置かれていた。

太夫は、魔方陣の上に美由樹と真を転がすなり、二人を解放するよう部下たちに命じた。部下たちは、言われるままに二人の縄を解き、魔方陣の端に散らばる。

部下たちが配置の場所に着いたのを確認した太夫は、

「これでよろしいでしょうか、ガファエラ王」

と、無人の椅子に向かって言った。美由樹と真が顔を上げると、上空で稲妻が走り、なんともドス黒い塊が椅子の真上に現れる。グルグルと回りながら、塊は徐々に人の形を成していき、最終的には黒の長いマントを羽織った男へ変化した。目を瞠る美由樹。しかし彼以上に驚いたのは真だった。

「おじさん」

真がポツリ呟いた。男が口角を上げる。

「これは傑作だな。我があの愚か者にそれほど似ておるとは」

「お、愚か者?」

「そう。敵である貴様を殺さずに愛し、自らの命を犠牲に貴様を守ろうとしたのだからな。王という存在でありながら実に情けない」

「な、なあ真。おまえ、あいつを知ってるのか？」

驚きのあまり固まる真に、美由樹が尋ねた。王が代わりに答える。

「守護者が言うのは我が祖先のことだ。名をシオン・ユラ・ダークネス。闇《あん》ノ国の王であり、神なる闇の力を持つ者。そのような力があるにもかかわらず、奴は使わなかった。使えば三神の国も己が支配下に取り入れられたものを。まさに奴は愚か者と呼ぶにふさわしい」

王が声高々に笑った。美由樹は、事実に頭が混乱して呆然とするが、真は王の話を聞いてそれまでの表情を引っ込め、唇を固く結び、拳を握り締める。

「おじさんを、非難しないでいただきたい。おじさんは、母国を守るために戦っていた。誰も彼の気持ちを察そうとしなかったくせに。彼を知っていよう者が、なぜそれを理解してあげなかった。彼は己のあり方、力の使い道について日々悩み苦しんでいたというのにッ」

「シオン王は己が宿命から逃げていただけだ。貴様とて知らなかったではないか。王がどういう宿命だったかを」

太夫が王と真との話に参戦した。真の拳がさらに強く握られる。

「たしかに知らなかった。けれどおじさんは、最後には教えてくれて、私を殺さず、愛してくれた。愛してくれたからこそ、私を庇って亡くなった。彼が生きていたら、今頃世界は今日みたく光と闇で対立せず、未来永劫、平和で友好的な時代が築かれているはずだった。彼は己が力で世界から戦争をなくそうとしていたのに、あなた方は」

「そうだとも。私がシオン王を殺《や》ったのだ。いつまでも逃げ腰の王を、私は貴様の目の前で殺してやった。力を暴走させた貴様を王が庇ったのは意外だったが、貴様をあと少しで始末できたのに」

「おじさんはいい方だった。姉さんたちだって、毎日の面会を許してくれるほど優しかった。仇討ちをしようとは思わない。けれど、あなた方のやり方だけはどうしても許せない」

「我々を倒すと申すか」

太夫と真の話を聞いていた王が言った。問われた真はなにも答えず、その場に立ち上がると、手を前に突き出す。光の粒子が掌に集まり、ロゴムズアークが姿を現した。それを見た美由樹は、こちらもと立ち上がって攻撃態勢を取る。王がほうッと感心の声を漏らした。

「勝算はあるのか？　味方は一人。こちらは貴様らの倍ぞ」

「勝算はない。けれど、力を奪われるぐらいなら戦う！」

「なるほど。やはり貴様は光の守護者なのだな。太夫」

王が太夫に耳打ちをする。太夫は、それを聞いたあとで一つ頷くと、美由樹たちの前に進み出て、右手を前に突き出した。それが合図となり、魔方陣の端で待機していた部下たちが一斉に二人に襲いかかる。十人いる部下は一人につき五人に分かれ、それぞれの武器を手に襲ってくる。美由樹は素手で、真はロゴムズアークで、彼らを迎え撃った。

体力がさっきの痛みで消耗している中、美由樹と真はすべてを尽くして戦った。それでも二人に不利な状況は変わりない。ましてここは世界の闇の中心。闇の神殿の頂上である。闇の力がどこよりも強いこの場所に、強力な闇の力を持った王と太夫が加わった今、負のエネルギーは容赦なく、正のエネルギー体である真の体を蝕《むしば》んでいった。

　加えて今の彼は本来の力を失っていた。これほど絶体絶命なことは、後先考えてもどこにもなく、そしてそれは遂に最終段階に入る。真の体がくの字に曲がったのだ。剣を魔方陣に突き刺し、転倒は免れるも、体内に残った光が急速に吸い出され、息が続かない。脈打ちが速まり、もはやその場に立つことすらできなくなってしまう。

　美由樹が真の名を呼ぶ。彼は、たとえ真から強力な光の力を譲り受けても、体内に流れる闇の血のおかげで、真ほど負のエネルギーの影響を受けていなかった。体力だけが底をつきかけていたが、真が危ないと知ると途端に力が漲り、彼に向かって走る。

「倒れちゃ駄目だ、真。気をしっかり持てッ」

「美、由樹……うぐッ」

「しっかりするんだ。今、そっちに行く！」

「……来る、な……こっちに、来ちゃ、駄目だ」

　真の声が次第に小さくなっていく。美由樹は、十人分の攻撃を必死に躱しながら真に駆け寄ろうとするが、その前にハッとした。ヨロヨロと立ち上がった真の足元に魔方陣が現れ、彼の足が凍り始めたのである。それは徐々に太股へ浸食を広げていき、腰が、腹が凍りついていった。美由樹が彼の名を叫ぶ。

「ごめ、ん。あり、がとう……あとは、頼ん、だ」

浸食が胸にまで及び始めた。もうその場から動けないと悟った真は、凍りだした手を美由樹に向かって突き出す。衝撃波がその手から放たれ、もろに受けた美由樹は後方へ吹き飛ばされた。目を丸くする美由樹。気づいたときには、体は魔方陣の縁から外へ飛び出し、星の引力に引き寄せられて地上へと落下していた。

「真ォッ！」

美由樹が、暗雲の海に姿を消しながら絶叫した。真は、そんな彼に向かって微笑むも、直後に浸食が顔に達し、クリスタルの中に閉じ込められてしまう。

「ハハハッ。これで光は終わる。闇の世の始まりぞ！」

椅子の真上に浮かぶクリスタルを見て、王が笑った。彼の声は神殿中に響き渡り、世界にも木霊して、光の世界の終焉を告げる。

暗雲が空を覆い尽くす。雷鳴が轟き、不吉な風が大地を駆け巡った。闇に染まる大地。その浸食を止める者は誰もいなくなる。

そのことを少年は知らなかった。気を失い、雲をいくつも突き破り、下へ下へと落ちていく。青年が封印され、世界が暗黒に染まったとき、彼はどこに辿り着くのか。このあと彼がどうなるかですら、知る者は誰もいなかった。

そうして世界は、少年が落ちるのと同じ速さで暗黒化していった。大地は荒れ狂い、天は悲鳴を上げ、人々は逆らえない闇の王の支配下に置かれる。そう、こうして暗黒の世界は、歴史に名を残すべく、ポロクラム星の裏星に現れたのだった。

～終わり～

あとがき

夜に見る『夢』とは、実に不可思議なものである。幻想の世界がそこに広がり、それは決して現実ではない。

しかし夢は、時折リアルな世界を見せることがある。夢の世界がリアルであるほど、朝となって目覚めた先が現実世界なのか、はたまた幻想世界なのか、判断ができなくなる。本作品の主人公、美由樹も、よもや前回の旅が夢の世界だったとは思っていなかったことだろう。そしてそれから目覚めたとき、彼は世界が、自分の知る世界から一変していることを知る。

今までとは異なる敵の策略に、主人公たちは逃亡生活を余儀なくされる。目に見えない重圧。当たり前の日常が当たり前でなくなることは、誰しも心で激しく葛藤するものである。折しも作者のいる世界でも、新型コロナウイルスによるパンデミックが世界中で発生した。

目に見えない敵に抗って早一年。それでも事態は改善の兆しを見せず、当たり前のようにできていた、県を跨ぐ外出や家族・友人らとの外食ができなくなった。離れた場所で暮らす家族や友人、恋人、仕事仲間とも対面で会えなくなり、リモートを用いたとしても、やはり対面に勝るものはない。茶でもしながらペチャクチャと世間話をしていたあの日常が、どれほど恵まれていたことか。コロナウイルスの感染予防対策として、人と人との交流に制限が設けられている中でも、本作を世に出すのに尽力してくださった、編集者をはじめ文芸社の方々に感謝申し上げる。また今、この物語を手に取っている読者の方々にも、心から感謝の意を表明したい。夢から覚めない朝はない。悪夢も、朝日を浴びれば必ず目覚めると信じて、今後も本作品が、老若男女を問わず幅広い年齢層の方々を目覚めさせる朝日となることを切に願う。

二〇二一年一月

感染予防中の自室の窓辺にて　櫻城なる

著者プロフィール

櫻城 なる（さくらぎ なる）

1991年生まれ、東京在住。趣味は小説を書くこと。中3で物書きに目覚め、高1からシリーズものを書き始める。2014年までに7作書き上げ、現在8作目を執筆中。
著書に『ハンター物語　少年と旅の始まり』（2015年、文芸社）『ハンター物語2　少年と謎の古代人』（2018年、文芸社）がある。

ハンター物語3　少年と闇の侵略者

2021年 9 月15日　初版第 1 刷発行

著　者　櫻城 なる
発行者　瓜谷 綱延
発行所　株式会社文芸社
〒160-0022　東京都新宿区新宿1－10－1
電話　03-5369-3060（代表）
03-5369-2299（販売）

印刷所　株式会社暁印刷

ISBN978-4-286-22798-6